金瓶梅詞話

萬曆本

六

第二十七回　李瓶兒私語翡翠軒

聯經出版事業公司 景印版

潘金蓮醉鬧葡萄架

第二十七回

李瓶兒私語翡翠軒　潘金蓮醉鬧葡萄架

頭上青天自恁欺　害人性命覇人妻
須知奸惡千般計　要使人家一命危
淫嬻從來由濁富　貪嗔轉念是慈悲
天公尚且含生育　何況人心忒妄爲

話說來保正從東京來下頭口。在捲棚內回西門慶話。具言到東京先見稟事的管家下了書。然後引見太師老爺看了揭帖。把禮物收進去交付明白。老爺分付不日寫書。馬上差人下與山東巡撫侯爺。把山東滄州塩客王霽雲等一十二名寄監者。盡行釋放。翟叔多上覆爹。老爺壽誕六月十五日好歹教爹上京走走他有話和爹說。這西門慶聽了。滿心歡喜。來保此遭回來。撰了鹽商王四峰。五十兩銀子。西門慶使他回喬大户話去。只見賁四來與走來。見西門慶在捲棚內。和來保說話。立在傍邊。來保便往喬大户家去了。西門慶問賁四你每燒了回來了。那賁四不敢言語。來與兒向前附耳低言。如此這般。被宋仁走到化人塲上。攔着屍首。不容燒化。聲言甚是無禮。小的不敢說。這西門慶不聽萬事皆休。聽了心中大怒。罵道這少死光棍。這等可惡。即令小厮請你姐夫來寫帖兒。就差來與兒送與正堂李知縣。隨即差了兩個公人。一條索子把宋仁拿到縣里。反問他打綱許財。倚屍圖賴當廳一夾二十大板。打的順腿淋漓鮮血寫了一紙供案。再不許到西門慶家纏擾。併責令地方火甲。

眼同西門慶家人。即將屍燒化訖來回話。那宋仁。打的兩腿棒瘡。歸家着了重氣。害了一場時疫。不上幾日。嗚呼哀哉死了。正是失曉人家逢五道。溟冷餓鬼撞鍾馗。有詩為証。

縣官貪汚更堪嗟　得人金帛售奸邪
宋仁為女歸陰路　致死冤魂塞滿衙

西門慶剛了畢宋惠蓮之事。就打點三百兩金銀交顧銀率領許多銀匠在家中捲棚內。打造蔡太師上壽的四陽捧壽的銀人。每一座高尺有餘。又打了兩把金壽字壺。尋了兩副玉桃盃。不消半月光景。都攢造完備。西門慶打開來旺兒杭州織造蟒衣。少兩件蕉布紗蟒衣。拿銀子教人到處尋買不出好的來。將就買二件。一日打包端就着來保同吳主管五月二十八日。離清河縣上東京去了。不在話下。過了兩日。却是六月初一日。節今到三伏天。正是大暑。無過未申大寒無過丑寅天氣十分炎熱。到了那赤烏當午的時候。一輪火傘當空。無半點雲翳。眞乃爍石流金之際。人口有一隻詞單道這熱。

祝融南來鞭火龍。火雲焰焰燒天紅。日輪當午凝不去。方國如在紅爐中。五岳翠乾雲彩滅。陽侯海底愁波竭。何當一夕金風發。爲我掃除天下熱。

說話的。世上有三等人怕熱。有三等人不怕熱。那三等人怕熱。第一怕熱田舍間農夫。每日耕田邁壠。扶犁把耙。趲王苗二稅。納倉廩餘粮。到了那三伏時節。田中無雨。心間一似火燒。第二經商客旅。經年在外。販的是那紅花紫草。蜜蠟香茶。肩負重担。

手碾沉車路途之中走的飢又飢渴又渴汗涎滿面衣服精濕得不的寸陰之下實是難行第三是那邊塞上戰士頭頂重盔身披鐵甲渴飲刀頭血困歇馬鞍橋經年征戰不得回歸衣生虱蟣瘡痍潰爛體無完膚這三等人怕熱又有那三等人不怕熱第一是皇宮內院水殿風亭曲水爲池流泉作沼有大塊小塊玉正對倒透犀碧玉欄邊種着那異果奇葩水晶盆內堆着那瑪瑙珊瑚又有廂成水晶卓上擺列着端溪硯象管筆蒼頡墨蔡琰箋又有水晶筆架白玉鎮紙悶時作賦吟詩醉後南薰一枕又有王侯貴戚富室名家每日雪洞涼亭終朝風軒水閣蝦鬚編成簾幙鮫綃織成帳幔茉莉結就的香毬吊掛雲母牀上鋪着那水紋涼簟鴛鴦珊枕四面撓起風車來那傍邊水盆

內浸着沉李浮瓜紅菱雪藕楊梅橄欖蘋婆白鶏頭又有那如花似朶的佳人在傍打扇又有那琳宮梵刹羽士禪僧住着那侵雲經閣接漢鍾樓閑時常到方丈內講誦道法黄庭時來仙苑中摘取仙桃異菓悶了時與童子松陰下横琴膝上醉後携棋枰柳陰中對友笑談原來這三等人不怕熱有詩為証

赤日炎炎似火燒　野田禾黍半枯焦
農夫心內如湯煑　樓上王孫把扇搖

這西門慶起來遇見天熱不曾出門在家撒髮披襟避暑在花園中翡翠軒捲棚內看着小厮每打水澆灌花草只見翡翠軒正面前栽着一盆瑞香花開得甚是爛熳西門慶令小厮來安兒拿小噴壺兒看着澆水只見潘金蓮和李瓶兒家常都是白

銀條紗衫兒。密合色紗桃線。穿花鳳縷金拖泥裙子。李瓶兒是大紅焦布比甲。金蓮是銀紅比甲。都用羊皮金滚邊。粧花楣子。惟金蓮不戴冠兒。拖着一窩子。杭州攢翠雲子網兒。露着四鬓。上粘着飛金。貼粉面額上貼着三個翠面花兒。越顯出粉面油頭。朱唇皓齒。兩個携着手兒。笑嘻嘻驀地走來。看見西門慶澆花兒。說道你原來在這裡。看着澆花兒哩。怎的還不梳頭去。西門慶道。你教丫頭拿水來。我這裡梳頭罷。金蓮叫來安你且放下噴壺。去屋裡對丫頭說。教他快拿水拿梳子來。與你爹這裡梳頭。來安應諾去了。金蓮看見那瑞香花。就要摘了戴在頭上。西門慶攔住道。怪小油嘴。趂早休動手。我每人賞你一朶罷。原來西門慶把傍邊少開頭。早巳摘下幾朶來。浸在一隻翠磁胆瓶內。金蓮笑道。我兒你原來㨮下恁幾朶來放在這裡。不與娘戴。于是先搶過一枝來。揷在頭上。西門慶遞了一朶與李瓶兒。只見春梅送了抿鏡梳子來。秋菊拿着洗面水。西門慶遞了三枝花。教送與月娘。李嬌兒。孟玉樓戴。就請你三娘來。教他彈回月琴我聽。金蓮道。你把孟三兒的。拿來等我送與他。教春梅送他大娘。和李嬌兒的。去回來你再把一朶花兒與我。我只替你叫唱的也該與我一朶兒。西門慶道。你去回來與你。金蓮道。我的兒誰養的你恁乖。你哄我替你叫了孟三兒。你是全不與我。我不去。你與了我。我纔叫去。那西門慶笑道。賊小淫婦兒這上頭也掐個先兒。于是又與了他一朶。金蓮簪於雲鬓之傍。方纔往後邊去了。止撇下李瓶兒。和西門慶二人。在翡翠軒內。西門

慶見他紗裙內罩着大紅紗褲兒日影中玲瓏剔透露着玉骨
氷肌不覺淫心輙起見左右無人且不梳頭把李瓶兒按在一
張凉椅上揭起湘裙紅裩初褪倒蹶着隔山取火幹了半晌精
還不洩兩人曲盡于飛之樂不想潘金蓮不曾往後邊叫玉樓
去走到花園角門首把花兒遞與春梅送去想了想回來悄悄
躡足走在翡翠軒槅子外潛聽聽勾多時聽見他兩個在裡面
正幹得好只聽見西門慶向李瓶兒道我的心肝你達不愛別
的愛你好個白屁股兒今日儘着你達受用良久又聽的李瓶
兒低聲叫道親達達你省可的擺罷奴身上不方便我前番乞
你弄重了些把奴的小肚子疼起來這兩日纔好些兒西門慶
因問你怎的身上不方便李瓶兒道不瞞你說奴身中已懷臨

月孕。望你將就些兒。西門慶聽言。滿心歡喜。說道我的心肝你怎不早說。既然如此你爹胡亂耍耍罷。于是樂極情濃怡然感之。兩手抱定其股。一泄如注。婦人在下弓股承受其精。良久只聞的西門慶氣喘吁吁。婦人鶯鶯聲軟。都被金蓮在外聽了個不亦樂乎。正聽之間。只見玉樓從後來。驀地來到便問五姐丫頭在這裡做甚麼兒。那金蓮便搖手兒兩個一齊走到軒內慌的西門慶湊手腳不迭。問西門慶我去了這半日。你做甚麼恰好還沒曾梳頭洗臉哩西門慶道我等着丫頭取那茉莉花肥皂來。我洗臉。金蓮道。我不好說的巴巴尋那肥皂洗臉。怪不的你的臉。洗的與人家屁股還白。那西門慶聽了。也不着在意裡落後梳洗畢。與玉樓一同坐下。因問你在後邊做甚麼來。帶了

月琴來不曾玉樓道我在屋裡替大姐姐穿珠花來到明日與
吳舜臣媳婦兒鄭三姐下茶去戴月琴春梅拿了來不一時春
梅來到說花兒都送與大娘二娘收了西門慶令他安排酒來
不一時冰盆內沉李浮瓜涼亭上偎紅倚翠玉樓道不使春梅
請大姐姐西門慶道他又不飲酒不消邀他去當下妻妾四人
便了西門慶居上坐三個婦人兩邊打横得多少壺斟美醞盤
列珍羞那潘金蓮放着椅兒不坐只坐豆青磁涼墩兒孟玉樓
叫道五姐你過這椅兒上坐那涼墩兒只怕冷金蓮道不妨事
我老人家不怕冰了胎怕甚麼須臾酒過三巡西門慶教春梅
取月琴來教玉樓取琵琶教金蓮彈你兩個唱一套赤帝當權
耀太虛我聽金蓮不肯說道我兒誰養的你恁乖俺每唱你兩

個是會受用快活。我不也教李大姐也拿了庄樂器兒。西門慶道他不會彈甚麽。金蓮道他不會教他在傍邊代板。西門慶笑道這小淫婦单管咬蛆兒。一面令春梅旋取了一副紅牙象板來。教李瓶兒拿着他兩個方纔輕舒玉指。款跨鮫綃。合着聲唱雁過沙。丫鬟綉春在傍打扇。赤帝當權耀太虛唱畢。西門慶每人遞了一杯酒。與他吃了。那潘金蓮不住在席上只呷冰水或吃生菓子。玉樓道。五姐你今日怎的只吃生冷。金蓮笑道我老人家。肚内沒閑事怕甚麽冷糕麽。羞的李瓶兒在傍。臉上紅一塊白一塊。西門慶瞅了他一眼。說道你這小淫婦兒。单管只胡說白道的。金蓮道哥兒你多說了話。老媽媽聽着吃乾臘内是恁一絲兒一絲兒的。你管他怎的。正飲酒中間。忽見雲生東南。

霧障西北雷聲隱隱。一陣大雨來。軒前花草皆濕。正是江河淮海添新水。翠竹紅榴洗濯清。少頃雨止。天外殘虹。西邊透出日色來。得多少微雨過碧磯之潤。晚風涼院落之清。只見後邊小玉來請玉樓。玉樓道大姐姐叫。有幾朶珠花沒穿了我去罷惹的他怪。李瓶兒道。咱兩個一答兒裡去。奴也要看姐姐穿珠花哩。西門慶道等我送你每一送手是取過月琴來。教玉樓彈着。

西門慶排手衆人齊唱梁州序

向晚來雨過南軒。見池面紅粧凌亂。聽春雷隱隱雨收雲散。但聞得荷香十里。新月一鈎。此景佳無限。蘭湯初浴罷晚粧殘。深院黃昏懶去眠。合金縷唱。碧筩勸。向冰山雪檻排佳宴。清世界。能有幾人見。

柳陰中忽噪新蟬見流螢飛來庭院聽菱歌何處畫船歸晚
只見玉繩低度朱户無聲此景猶堪羨起來携素手整雲偏
月照紗厨人未眠合 前節節高漣漪戲彩鴛綠荷翻清香瀉下
瓊珠濺香風扇芳沼邊閑亭畔坐來不覺人清健蓬萊閬苑
何足羨合 只恐西風又驚秋暗中不覺流年換
衆人唱着不覺到角門首玉樓把月琴遞與春梅和李瓶兒同
往後去了潘金蓮遂叫道孟三兒等我等兒我也去纔待撒了
西門慶走被西門慶一把手拉住了說道小油嘴兒你躲滑兒
我偏不放你拉着只一輪險些不論了一交婦人道怪行貨子
我衣服着出來的看勾了我的肐膊淡孩兒他兩個都走去了
我看你留下我做甚麼西門慶道咱兩個在這太湖石下取酒

來投個壺兒。耍子吃三杯。婦人道。惟行貨子。咱往亭子上那裡投去來。平白在這裡做甚麽。你不信使春梅小肉兒他也不替你取酒來。西門慶因使春梅。春梅越發把月琴丟與婦人。揚長的去了。婦人接過月琴。在手內彈了一回。說道我問孟三兒也學會了幾句兒了。一壁彈着。見太湖石畔。石榴花經雨盛開。戲折一枝簪。於雲鬢之傍。說道我老娘帶個三日不吃飯眼前花。被西門慶聽見。走向前把他兩隻小金蓮。扛將起來。戲道我把這小淫婦。不看世界面上。就合死了。那婦人便道。惟行貨子。且不要發訕。等我放下這月琴着。于是把月琴順手倚在花臺邊。因說道我的兒。再二來來越發罷了。適纔你和李瓶兒合搗去罷。沒地擷鬐兒來纏我做甚麽。西門慶道惟奴才。单曾只胡說。

誰和他有甚事。婦人道我兒。你但行動瞞不過當方土地。老娘是誰。你來瞞我。我往後邊送花兒去。你兩個幹的好營生兒。西門慶道。恠小淫婦兒休胡說。于是按在花臺下。就親了個嘴。婦人連忙吐舌頭在他口裡。西門慶道。你叫我聲親達達。我饒了你。放你起來罷。那婦人強不過。叫了他聲親達達。我不是你那可意的。你來纏我怎的。兩個正是弄晴鶯舌於中巧。着雨花枝分外研。兩個頑了一回。婦人道。咱往葡萄架那裡投壺耍子兒去。走來于是把月琴。跨在胳膊上。彈着找梁州序後半截。

清宵思爽然。好涼天。瑤臺月下清虛殿。神仙眷。開玳筵。重歡宴。任教玉漏催銀箭。水晶宮裡笙歌按。合前只恐西風又驚秋。不覺暗中流年換。

尾聲　光陰迅速如飛電。好良宵可惜漸閒、拚取歡娛歌笑喧。

日日花前宴　宵宵伴玉娥

今生能有幾　不樂待如何

兩人並肩而行、須臾轉過碧池、抹過木香亭。從翡翠軒前穿過。來到葡萄架上。睁眼觀看、端的好一座葡萄、但見

四面雕欄石甃、周圍翠葉深稠、迎眸霜色如千枝紫彈墜流蘇、噴鼻秋香似萬架綠雲垂繡帶、纍纍馬乳、水晶丸裡浥瓊漿、滾滾綠珠、金屑架中含翠幄、乃西域移來之種、隱甘泉珍玩之勞、端的四時花木襯幽葩、明月清風無價買。

二人到於架下、原來放着四個涼墩、有一把壺在傍、金蓮把月

琴倚了和西門慶投壺遶遶只見春梅拿着酒秋菊掇着菓盒
盒子上一碗水湃的菓子婦人道小肉兒你頭裡使性兒的去
了如何又送將來了春梅道教人還往那裡尋你們去誰知驀
地這裡來秋菊放下去了西門慶一面揭開盒裡邊攢就的八
槅細巧菓菜一槅是糟鵞胗掌一槅是一封書臘肉絲一槅是
木樨銀魚鮓一槅是劈晒雛雞脯翅兒一槅鮮蓮子兒一槅新
核桃穰兒一槅鮮菱角一槅鮮荸薺一小銀素兒葡萄酒兩個
小金蓮蓬鍾兒兩雙牙筋兒安放一張小凉机兒上西門慶與
婦人對面坐着投壺耍子須臾過橋翎花倒入雙飛鴈登科及
第二喬觀書楊妃春睡烏龍入洞珍珠倒捲簾投了十數壺把
婦人灌的醉了不覺桃花上臉秋波斜睨西門慶要吃藥五香

酒又取酒去。金蓮說道小油嘴。我再央你央兒。往房內把涼蓆
和枕頭取了來。我困的慌。這裡略倘倘兒。那春梅故作撒嬌說
道罷麼。偏有這些支使人的。誰替你又拿去。西門慶道。你不拿
教秋菊抱了來。你拿酒就是了。那春梅搖着頭兒去了。遲了半
日只見秋菊先抱了涼蓆枕衾來。婦人分付放下鋪蓋。拽花園
門。往房裡看去。我叫你便來。那秋菊應諾放下衾枕。一直去了。
這西門慶于是起身脫下玉色紗旋兒。搭在欄杆上。逕往牡丹
畦西畔。松墻邊花架下。小淨手去了。回來婦人又早在架兒底
下。鋪設涼簟枕衾停當。脫的上下沒條絲。仰臥於衽蓆之上。脚
下穿着大紅鞋兒。手弄白紗扇兒搖涼。西門慶走來。看見怎不
觸動淫心。于是乘着酒興。亦脫去上下衣。坐在一涼墩上。先將

脚指挑弄其花心。挑的淫津流出。如蝸之吐涎。一面又將婦人紅綉花鞋兒摘取下來。戲把他兩條脚帶解下來。拴其雙足。吊在兩邊葡萄架兒上。如金龍探爪相似。使牝戶大張。紅鈎赤露鷄舌內吐。西門慶先倒覆着身子。執麈柄抵牝口。賣了個倒入翎花。一手擴枕。極力而提之。提的陰中淫氣連綿。如數鰍行泥淖中相似。婦人在下。沒口子呼叫達達不絕。正幹在美處。只見春梅盪了酒來。一眼看見。把酒注子放下。一直走到山頂上。一座最高亭兒。名喚臥雲亭。那裡搭伏着棋桌兒弄棋子耍子。西門慶擡頭看見他在上面。點手兒叫他不下來。說道小油嘴。我拿不下你來就罷了。于是撇了婦人。比及大扠步從石磴上走到上頂亭子上時。那春梅早從右邊一條羊腸小道兒下去。打

藏春塢。雪洞兒裡穿過去。走到半中腰滴翠山叢花木深處繞
待藏躲。不想被西門慶撞見黑影裡攔腰抱住說道小油嘴我
却也尋着你了。遂輕輕抱出到於葡萄架下。笑道你且吃鍾酒
着。一面摟他坐在腿上兩個一遞一口飲酒春梅見把婦人兩
腿拴吊在架上便說道不知你每甚麼張致大青天白日裡一
時人來撞見恠模恠樣的西門慶問道角門子關上了不曾春
梅道。我來時扣上來了。西門慶道小油嘴看我投個肉壺名喚
金彈打銀鵝。你瞧若打中一彈。我吃一鍾酒。于是向水碗內取
了枚玉黃李子。向婦人牝中。一連打了三個皆中花心這西
門慶。一連吃了三鍾藥五香酒。又令春梅斟了一鍾兒。遞與婦
人吃。又把一個李子放在牝內不取出來。又不行事。急的婦人

春心沒亂淫水直流又不好去叫出來的只是朦朧星眼四肢嚲然於枕簟之上口中叫道好個作怪的冤家捉弄奴死了鶯聲顫掉那西門慶叫春梅在傍打着扇只顧吃酒不理他吃來吃去仰臥在醉翁椅兒上打睡就睡着了春梅見他醉睡走來摸摸打雪洞內一溜烟往後邊去了聽見有人叫角門開了門原來是李瓶兒由着西門慶睡了一個時辰睜開眼醒來看見婦人還吊在架下兩隻白生生腿兒蹺在兩邊興不可遏因見春梅不在跟前向婦人道淫婦我丟與你罷于是先摳出牝中李子教婦人吃了坐在一隻枕頭上向紗褶子順袋內取出淫器包兒來先以初使上銀托子次只用硫黃圈來初時不肯只在牝口子來回擂晃不肯深入急的婦人仰身迎播口中不住

聲叫達達。快些進去罷。急壞了淫婦了。我曉的你惱我爲李瓶
兒。故意使這促却來奈何我。今日經着你手段。再不敢惹你了。
西門慶笑道。小淫婦兒。你知道就好說話兒了。于是一壁提着
他心子。把那話拽出來。向袋中包兒裡打開捻了些閨豔聲嬌
塗在蛙口內。頂入牝中。送了幾送。須臾那話昂健奢稜。跙胞暴
怒起來。垂首看着往來抽拽。翫其出入之勢。那婦人在枕畔朦
朧星眼。呻吟不已。沒口子叫大䯼長達達。你不知使了甚麼行
子。進去又罷了。淫婦的毬心子痒到骨髓裡去了。可憐見饒了
罷。淫婦口裡碎死的言語都叫出來。這西門慶一上手就是三
四百回。兩隻手倒按住枕蓆。仰身竭力。迎播掀幹。抽沒至脛復
進至根者。又約一百餘下。婦人以帕在下不住手搽拭牝中之

津隨拭隨出。裩席爲之皆濕。西門慶行貨子沒稜露腦。往來逗遛不已。因向婦人說道。我要耍個老和尚撞鐘。忽然仰身望前只一迸。那話攮進去了。直抵牝屋之上。牝屋者。乃婦人牝中深極處。有屋如含苞花蕋。到此處。無折男子莖首。覺翕然暢美不可言。婦人觸疼。急跨其身。只聽磕碴响了一聲。把個硫黃圈子折在裡面。婦人則目瞑息微。有聲嘶舌尖氷冷。四肢收軃然於裩席之上矣。西門慶慌了。急解其縛。向牝中摳出硫黃圈并勉鈴來。拆做兩截。于是把婦人扶坐。半日星眸驚閃。甦省過來。因向西門慶作嬌泣聲。說道。我的達達。你今日怎的這般大惡。險不喪了奴之性命。今後再不可這般所爲。不是耍處。我如今頭目森森然。莫知所之矣。西門慶見日色已西。連忙替他披上衣裳。叫了春梅秋菊來。收拾衾枕。同扶他歸房。春梅回來。看着秋菊。收了吃酒的家火。纔待閂花園門。來那的兒子小鐵棍兒。從花架下鑽出來。趕着春梅問姑娘要菓子吃。春梅道。小囚兒你在那裡來。把了幾個李子桃子與他。說道你爺醉了。還不往前邊去。只怕他看見打你。那猴子接了菓子。一直去了。春梅閂了花園門。回來房打發西門慶與婦人上牀就寢。不在話下。正是

朝隨金谷宴　　暮伴綺樓娃

休道歡娛處　　流光逐暮霞

畢竟未知後來何如且聽下回分解

金瓶梅

第二十八回

陳敬濟徼倖得金蓮

西門慶糊塗打鐵棍

第一十八回

陳經濟因鞋戲金蓮　西門慶怒打鐵棍兒

風波境界立身難　處世規模要放寛
萬事盡從忙裡錯　此心須向靜中安
路當平處行更穩　人有常情耐久看
直到始終無悔吝　纔生枝節便多端

話說西門慶扶婦人到房中。脫去上下衣裳。着薄纊短襦。赤着身體。婦人止着紅紗抹胸兒。兩個並肩疊股而坐。重斟杯酌。復飲香醪。西門慶一手摟着他粉項。一遞一口和他吃酒。極盡溫存之態。睨視婦人雲鬟斜軃。酥胸半露。嬌眼乜斜。猶如沉醉楊妃一般。纖手不住只向他腰裡摸弄那話。那話因驚。銀托子還帶在上面軟叮噹毛都魯的。纍垂偉長。西門慶戲道。你還弄他哩。都是你頭裡號出他風病來了。婦人問怎的風病。西門慶道。既不是風病。如何這軟癱熱化起不來了。你還不下去央及他央及兒哩。婦人笑聦了他一眼。一面蹲下身子去。枕着他一隻腿。取過一條褲帶兒來。把那話拴住。用手提着說道。你這廝頭裡那等頭睜睜。股睜睜。把人奈何昏昏的。這咱你推風症裝佯死兒。提弄了一回。放在粉臉上偎幌良久。然後將口吮之。又用舌尖挑砥其蛙口。那話登時暴怒起來。裂瓜頭凹眼圓睜。落腮鬍挺身直豎。西門慶亦發坐在枕頭。令婦人馬爬在紗帳內。儘着吮咂。以暢其美。俄而淫思益熾。復與婦人交接。婦人哀告道。我的達達。你饒了奴罷。又要擺弄奴也。是夜二人淫樂。為之無慶有詩爲証。
戰酣樂極。雲雨歇嬌眼乜斜。手持玉莖猶堅硬。告才郎將就些些。滿飲金杯頻勸。兩情似醉如痴。
雪白玉體透簾幃　口賽櫻桃手賽荑
一脉泉通聲滴滴　兩情膠合色迷迷
翻來覆去魚吞藻　慢進輕抽猫咬鷄
靈龜不吐甘泉水　使得嫦娥敢暫離
一宿晩景題過。到次日西門慶。往外邉去了。婦人約飯時起來。換睡鞋。尋昨日脚上穿的那一雙紅鞋。左來右去少一隻。問春梅。春梅說昨日我和爹。攙扶着娘進來。秋菊抱娘的鋪盖來。婦人叫了秋菊來問。秋菊道。我昨日沒見娘穿着鞋進來。婦人道。

你看胡說我沒穿鞋進來莫不我精着脚進來了秋菊道娘你穿着鞋怎的屋裡沒有婦人罵道賊奴才還裝憨兒無故只在這屋裡你替我老實尋是的這秋菊三間屋裡牀上牀下到處尋了一遍那裡討那雙鞋來婦人道端的我這屋裡有鬼攝了我這雙鞋去了連我脚上穿的鞋也不見了要你這奴才在屋裡做甚麼秋菊道倒只怕娘忘記落在花園裡沒曾穿進來婦人道敢是合昏了我鞋穿在脚上沒穿在脚上我不知道叫春梅你跟着這賊奴才往花園裡尋去尋出來便罷若尋不出我的鞋來教他院子裡頂着石頭跪着這春梅眞個押着他花園到處并葡萄架根前尋了一遍兒那裡得來再有一隻也沒了正是都被六十收拾去芦花明月竟難尋尋了一遍兒回來春

梅罵道奴才你媒人婆迷了路兒沒的說了王媽媽賣了磨推不的了秋菊道好省恐人家不知甚麽人偷了娘的這隻鞋去了我沒曾見娘穿進屋裡去敢是你昨日開花園門放了那個拾了娘的鞋去了被春梅一口稠唾沫噦了去罵道賊見鬼的奴才又攪纏起我來了六娘叫門我不替他開可可兒的就放進人來了你抱着娘的鋪蓋就不經心瞧瞧還敢說嘴兒一面押他到屋裡回婦人說沒有鞋婦人教採出他院子裡跪着秋菊把臉哭喪下水來說等我再往花園裡尋一遍尋不着隨娘打罷春梅道娘休信他花園裡地也掃得乾乾淨淨的就是針也尋出來那裡討鞋來秋菊道等我尋不出來教娘打就是了你在傍戳舌兒怎的婦人向春梅道也罷你跟着他這奴才看

他那裡尋去這春梅又押他在花園山子底下各雪洞兒花池邊松墻下尋了一遍沒有他也慌了被春梅兩個耳刮子就拉回來見婦人秋菊道還有那個雪洞裡沒尋哩春梅道那裡藏春塢是爹的暖房兒娘這一向又沒到那裡我看尋哩尋不出來我和你答話于是押着他到於藏春塢雪洞內正面是張坐牀傍邊香几上都尋到沒有又向書篋內尋春梅道這書篋內都是他的拜帖紙娘的鞋怎的到這裡沒的摭溜子捱工夫兒翻的他恁亂騰騰的惹他看見又是一塲兒你這歪剌骨可死成了良久只見秋菊說道這不是娘的鞋在一個紙包內裹着些棒兒香排草取出來與春梅瞧可怎的有了娘的鞋剗纔就調唆打我春梅看見果是一隻大紅平底鞋兒說道是娘的怎

麼來到這書篋內好蹺蹊的事于是走來見婦人婦人問有了我的鞋端的在那裡春梅道在藏春塢爹暖房書篋內尋出來和些拜帖子紙排草安息香包在一處婦人拿在手內取過他的那隻鞋來一比都是大紅四季花嵌八寶段子白綾平底綉花鞋兒綠提根兒藍口金兒惟有鞋上鎖線兒差些一隻是紗綠鎖線兒一隻是翠藍鎖線不仔細認不出來婦人登在腳上試了試尋出來這一隻比舊鞋畧緊些方知是來旺兒媳婦子的鞋不知幾時與了賊強人不敢拿到屋裡悄悄藏放在那裡不想又被奴才翻將出來看了一回說道這鞋不是我的鞋奴才快與我跪着去分付春梅拿塊石頭與他頂着那秋菊哭起來說道不是娘的鞋是誰的鞋我饒替娘尋出鞋來還要打我

若是再尋不出來。不知違怎的打我哩。婦人罵道。賊奴才休說嘴。春梅一面掇了塊大石。頂在頭上。那時婦人另換了一雙鞋穿在脚上。嫌房裡熱。分付春梅把粧臺放在玩花樓上。那裡梳頭去。梳了頭要打秋菊不在話下。却說陳經濟早辰從鋪子裡進來尋衣服。走到花園角門首。小鐵棍兒在那裡正頑着見陳經濟。手裡拿着一副銀網巾圈兒。便問姑夫你拿的甚麼。與了我耍子兒罷。經濟道。此是人家當的網巾圈兒。來贖我尋出來與他。那小猴子笑嘻嘻道。姑夫你與了我耍子罷。我換與你件好物件兒。經濟道。傻孩子。此是人家當的。你要我另尋一副兒與你耍子。你有甚麼好物件拿來我瞧。那猴子便向腰裡掏出一隻紅綉花鞋兒與經濟看。經濟便問是那裡的。那猴子笑嘻嘻道。姑夫我對你說了罷。我昨日在花園裡耍子。看見俺爹吊着俺五娘兩隻腿在葡萄架兒底下。一陣好風搖落。後俺爹進去了。我尋俺春梅姑姑要菓子。在葡萄架底下拾了這隻鞋。經濟接在手裡曲似天邊新月。紅如退瓣蓮花把在掌中恰剛三寸。就知是金蓮脚上之物便道你與了我明日另尋一對好圈兒與你耍子。猴子道姑夫你休哄我。我明日就問你要了。經濟道我不哄你。那猴子一面笑的耍去了。這陳經濟把鞋褪在袖中自已尋思。我幾次戲他他口兒且是活及到中間又走滾了。不想天假其便此鞋落在我手裡。今日我着實撩逗他一番不怕他不上帳兒。正是時人不用穿針線那得工夫送巧來。經濟袖着鞋。逕往潘金蓮房來。轉過影壁。只見秋菊跪在院內。便戲道小大姐爲甚麼來投充了新軍又掇起石頭來了金蓮在樓上聽見便叫春梅問道是誰說他掇起石頭來了乾淨這奴才沒頂着春梅道是姐夫來了秋菊頂着石頭哩婦人便叫陳姐夫樓上沒人你上來不是這小廝兒方扒步撩衣上的樓來只見婦人在樓前面開了兩扇窗兒掛着湘簾那裡臨鏡梳頭這陳經濟走到傍邊一個小杌兒坐下看見婦人黑油般頭髮手挽着梳還拖着地兒紅絲繩兒扎着一窩絲攢上戴着銀絲鬏髻還墊出一絲香雲鬏髻內安着許多玫瑰花瓣兒露着四鬢上打扮的就是個活觀音須臾看着婦人梳了頭掇過粧臺去向面盆內洗了手穿上衣裳喚春梅拿茶來與姐夫吃那經濟只是笑不做聲婦人因問姐夫笑甚麼經濟道我笑你管情

不見了些甚麽見婦人道賊短命我不見了閑你甚事你怎的曉得經濟道你看我好心倒做了驢肝肺你倒訕起我來傒說我去罷抽身往樓下就走被婦人一把手拉住說道怪短命會張致的來旺兒媳婦子死了沒了想頭了却怎麽還認的老娘因問你猜着我不見了甚麽物件兒這經濟向袖中取出來提溜着鞋拽靶兒笑道你着這個好的兒是誰的婦人道好短命原來是你偷拿了我的鞋去了教我打着丫頭遶地裡尋經濟道你怎的到得我手裡婦人道我這屋裡再有誰來敢是你賊頭鼠腦偷了我這隻鞋去了經濟道你老人家不害羞我這兩日不往你這屋裡來我怎生偷你的婦人道好賊短命等我對你爹說你到偷了我鞋還說我不害羞經濟道你只好拿爹來

謊我罷了。婦人道。你好小胆子兒。明知道和來旺兒媳婦子七個八個。你還調戲他。想那淫婦教你戲弄。既不是你偷了我的鞋。這鞋怎落在你手裡。趂早實供出來。交還與我鞋。你還便益。自古物見主。不索取。但迸半個不字。教你死無葬身之地。經濟道。你老人家是個女番子。且是倒會的放刁。這裡無人。咱每好講。你既要鞋。拿一件物事兒我換與你。不然天打雷也打不出去。婦人道。好短命。我的鞋應當還我。教換甚物事兒與你。經濟笑道。五娘你拿你袖的那方汗巾兒賞與兒子。兒子與了你的鞋罷。婦人道。我明日另尋一方好汗巾兒。這汗巾兒是你爹成日眼裡見過。不好與你的。經濟道。我不。別的就與我一百方也不筭。一心我只要你老人家這方汗巾兒。婦人笑道。好個老成久

慣的短命我也沒氣力和你兩個纏于是向袖中取出一方細
撮穗白綾挑線鶯鶯燒夜香汗巾兒上面連銀三字兒都掠與
他這經濟連忙接在手裡與他深的唱個喏婦人分付你好生
藏着休教大姐看見他不是好嘴頭子經濟道我知道一面把
鞋遞與他如此這般是小鐵棍兒昨日在花園裡拾的今早拿
着問我換網巾圈兒耍子一節告訴了一遍婦人聽了粉面通
紅銀牙暗咬說道你看賊小奴才油手把我這鞋弄的恁漆黑
的看我教他爹打他不打他經濟道你弄殺我打了他不打緊
敢就賴在我身上是我說的千萬休要說罷婦人道我饒了小
奴才除非饒了蝎子可有他兩個正說在熱鬧處忽聽小厮來
安兒來尋爹在前廳請姐夫寫禮帖兒哩婦人連忙攛掇他出

去了。下的樓來教春梅取板子來要打秋菊。秋菊說着不肯倘。說道尋將娘的鞋來。娘還要打我。婦人把剛纔陳經濟拿的鞋遞與他看。罵道賊奴才。你把那個當我的鞋。將這個放在那裡。秋菊看見。把眼瞪了半日。不敢認說道可是恠的勾當怎生跑出娘的三隻鞋來了。婦人道好大胆奴才。你敢是拿誰的鞋來搪塞我。倒如何說我是三隻脚的蟾。這個鞋從那裡出來了。不由分說教春梅拉倒打了十下。打的秋菊抱股而哭。望着春梅道。都是你開門教人進來收了娘的鞋。這回教娘打我。春梅罵道你倒收拾娘鋪盖不見了娘的鞋。娘打了你這幾下兒。還敢抱怨人。早是這隻舊鞋若是娘頭上的簪環不見了。你也推賴個人兒就是了。娘惜情兒還打的你少。若是我外邊叫個小厮

辣辣的打上他二三十板。看這奴才怎麼樣的。幾句罵得秋菊
忍氣吞聲不言語了。當下西門慶叫了經濟。到前廳封尺頭禮
物。送提刑所賀千户。新陞了淮安提刑所掌刑正千户。本衛親
識都與他送行。在永福寺。不必細說。西門慶差了鉞安送去。廳
上陪着經濟吃了飯。歸到金蓮房中。這金蓮千不合萬不合。把
小鐵棍兒拾鞋之事。告訴一遍。說道都是你這沒才料的貨。平
白幹的勾當。教賊萬殺的小奴才。把我的鞋拾了。拿到外頭誰
是沒瞧見被我知道。要將過來了。你不打與他兩下。到明日慣
了他。西門慶就不問誰告你說來。一冲性子。走到前邊。那小猴
子不知。正在石臺基頑耍。被西門慶揪住頂角。用拳打脚踢。殺猪
也似叫起來。方纔住了手。這小猴子。倘在地下。死了半日。慌得

來昭兩口子走來扶救半日甦醒見小厮鼻口流血抱他到房裡問慢慢問他方知爲拾鞋之事拾了金蓮一隻鞋因和陳經濟換圈兒惹起事來這一丈青氣忿忿的走到後邊廚下指東罵西一頓海罵道賊不逢好死的淫婦王八羔子我的孩子和你有甚冤仇他纔十一二歲曉的甚麼知道毬生在那塊兒平白地調唆打他恁一頓打的鼻口都流血假若死了他淫婦王八兒也不好稱不了你甚麼願于是廚房裡罵了到前邊又罵整罵了一二日還不定教金蓮在房中陪西門慶吃酒還不知道晚夕上牀宿歇西門慶見婦人腳上穿着兩隻紗紬子睡鞋兒大紅提根兒因說道阿呀如何穿這個鞋在腳上怪怪的不好看婦人道我只一雙紅睡鞋倒乞小奴才拾了一隻弄油了

我的那裡再討第二雙來。西門慶道。我的兒。你到明日做一雙
兒穿在脚上。你不知我達達一心只喜歡穿紅鞋兒。看着心裡愛。
婦人道。惟奴才可可兒的來。我想起一件事來。要說又忘了。因
令春梅。你取那隻鞋來。與他瞧。你認的這鞋是誰的鞋。西門慶
道。我不知道是誰的鞋。婦人道。你看他還打張雞兒哩。瞞着我。
黃貓黑尾。你幹的好萌兒。一行死了來旺兒媳婦子的。一隻臭
蹄子。寶上珠也一般收藏在山子底下。藏春塢雪洞兒裡拜帖匣
子內。攪着些字紙和香兒一處放着。甚麼罕稀物件。也不當家
化化的。惟不的那賊淫婦死了。墮阿鼻地獄。指着秋菊罵奴才。
當我的鞋又翻出來。教我打了幾下。分付春梅趁早與我掠出
去。春梅把鞋掠在地下。看着秋菊說道。賞與你穿了罷。那秋菊

拾在手裡說道娘這個鞋只好盛我一個脚指頭兒罷了婦人罵道賊奴才還教甚麼毯娘哩他是你家主子前世的娘不然怎的把他的鞋這等收藏的嬌貴到明日好傳代沒廉恥的貨秋菊拿着鞋就往外走被婦人又叫回來分付取刀來等我把淫婦剁做幾截子掠到毛司裡去叫賊淫婦陰山背後永世不得超生因向西門慶道你看着越心疼我越發偏剁個樣兒你瞧西門慶笑道怪奴才丟開手罷了我那裡有這個心婦人道你沒這個心你就賭了誓淫婦死的不知往那去了你還留着他鞋做甚麼早晚有省好思想他正經俺每和你恁一場你也沒恁個心兒還教人和你一心一計哩西門慶笑道罷了怪小淫婦兒偏有這些兒的他就在時也沒曾在你根前行差了禮

法。于是摟過粉項來就親了個嘴，兩個雲雨做一處，正是動人

春色嬌還媚，惹蝶芳心軟意濃，有詩爲証

漫吐芳心說向誰　欲於何處寄相思

相思有盡情難盡　一日都來十二時

畢竟未知後來如何且聽下回分解

第二十九回　吳神仙冰鑑定終身

明經出版事業公司 景印版

潘金蓮蘭湯邀午戰

第二十九回

吳神仙貴賤相人　潘金蓮蘭湯午戰

百年秋月與春花　展放眉頭莫自嗟
吟幾首詩消世慮　酌一杯酒度韶華
閒敲棋子心情樂　悶撥瑤琴興趣賒
人事與時俱不管　且將詩酒作生涯

話說到次日潘金蓮早起打發西門慶記掛着要做那紅鞋拿着針線筐兒往花園翡翠軒臺基兒上坐着那裡描畫鞋扇使春梅請了李瓶兒來到李瓶兒問道姐姐你描金的是甚麼金蓮道要做一雙大紅光素段子白綾平底鞋兒鞋尖兒上扣綉鸚鵡摘桃李瓶兒道我有一方大紅十樣錦段子也照依姐姐

描恁一雙兒我要做高底的罷了是取了針線筐兩個同一處做金蓮描了一隻丟下說道李大姐你替我描這一隻等我後邊把孟三姐叫了來他昨日對我說他也要做鞋哩一直走到後邊玉樓房中倚着護炕兒手中也衲着一隻鞋兒哩金蓮進門玉樓道你早办金蓮道我起的早打發他爹往門外與賀千户送行去了教我約下李大姐花園裡赶早凉做些生活等住回日頭過熱了做不的我纔描了一隻鞋教李大姐替我描着遲來約你同去咱三個一答兒哩好做因問你手裡衲的是甚麽鞋玉樓道是昨日你看我開的那雙玄色段子鞋金蓮道你好漢又早衲出一隻來了玉樓道那隻昨日就衲了這一隻又衲了好些了金蓮接過看了一回說你這個到明日使甚麽雲

頭子玉樓道我不得你們小後生花花黎黎我老人家了使羊皮金緝的雲頭子罷週圍拿紗綠線鎖出白山子兒上白綾高底穿好不好金蓮道也罷你快收拾咱去來李瓶兒那裡等着哩玉樓道你坐着咱吃了茶去金蓮道不吃罷咱拿了茶那裡吃去來玉樓分付蘭香頓下茶送去兩個婦人手拉着手兒袖着鞋扇逕往外走吳月娘到上房穿廊下坐便問你們那去金蓮道李大姐使我替他叫孟三兒去與他描鞋說着一直來到花園內三人一處坐下拿起鞋扇你瞧我的我瞧你的都瞧了一遍先是梅茶來吃了然後李瓶兒那邊的茶到孟玉樓房裡蘭香落後纔拿茶至三人吃了玉樓便道六姐你平白又做平底子紅鞋做甚麼不如高底鞋好着你若嫌木底子响脚也似

我用毡底子。却不好走着。又不响。金蓮道。不是穿的鞋。是睡鞋。也是他爹因我不見了那隻睡鞋。被小奴才兒偷了。弄油了我的。分付教我從新又做這雙鞋。玉樓道。又說鞋哩。這個也不是舌頭李大姐在這裡聽着。昨日因你不見了這隻鞋。來昭家孩子小鐵棍兒怎的花園裡拾了。後來不知你怎的知道了。對他爹說。打了小鐵棍兒一頓。說把他猴子打的鼻口流血。倘在地下。死了半日。惹的一丈青好不在後邊海罵。罵那個淫婦王八羔子學舌。打了他小厮。說他小厮一點尿不燒孩子。曉的甚麼便唆調打了他恁一頓。早是活了。若死了。淫婦王八羔子也不得清潔。俺再不知罵淫婦王八羔子是誰。落後小鐵棍兒進來。他大姐姐問他。你爹爲甚麼打你。小厮纔說。因在花園裡耍子。

拾了一隻鞋。問姑夫換圈兒來。不知甚麼人對俺爹說了。教爹打我一頓。我如今尋姑夫問他要圈兒去也。說畢。一直往前跑了。原來罵的王八羔子是陳姐夫。早是只李嬌兒在傍邊坐着。大姐沒在根前。若聽見時。又是一場兒。金蓮問大姐姐沒說甚麼。玉樓道。你還說哩。大姐姐好不說你哩。說如今這一家子亂世為王。九條尾狐狸精出世了。把昏君禍亂的貶子休妻。想着去了的來旺兒小廝。好好的從南邊來了。東一帳西一帳。說他老婆養着主子。又說他怎的拿刀弄杖。成日做賊哩。養汗哩。生生兒禍弄的打發他出去了。把個媳婦又逼臨的吊死了。如今為一隻鞋子。又這等驚天動地反亂。你的鞋好好穿在脚上。怎的教小廝拾了。想必吃醉了。在那花園裡和漢子不知怎的餳成一塊纔吊了鞋。如今沒的摭羞。拿小厮頂缸。打他這一頓。又不曾爲甚麼大事。金蓮聽了道。沒的那扯毯淡。甚麼是大事殺了人是大事了。奴才拿刀子要殺主子。向玉樓道。孟三姐早是瞞不了你。咱兩個聽見來與兒說了。一聲諕的甚麼樣兒的。你是他的大老婆。倒說這個話。你也不管。我也不管。教奴才殺了漢子纔好。老婆成日在你那後邊使喚。你縱容着他。不管教他欺大滅小。和這個合氣。和那個合氣。各人寬有頭債有主。你揭條我。我揭條你。吊死了你。還瞞着漢子不說。早時苦了錢好人情說下來了。不然怎了。你這的推乾淨。說面子話兒。左右是左右我調唆漢子。也罷。若不教他把奴才老婆漢子。一條提撁的離門離戶。也不筭恒屬人。挾不到我井裡頭。玉樓見金蓮粉面通紅惱了。又勸道六姐。你我姊妹都是一個人。我聽見的話兒有個不對你說。說了只放在你心裡。休要使出來。金蓮不依他到晚等的。西門慶進入他房來。一五一十。告西門慶說來昭媳婦子一丈青怎。的在後邊指罵。說你打了他孩子。要邏撞兒和人攘。這西門慶不聽便罷。聽了說在心裡。到次日。要攆來昭三口子出門。多虧月娘。再三攔勸下。不容他在家。打發他往獅子街房子那看守。替了平安兒來家看守大門。後次月娘知道甚惱金蓮。不在話下。正是事不三思終有悔。人逢得意早回頭。却說西門慶。在前廳打發來昭三口子。搬移獅子街看守房屋去。一日正在前廳坐。忽有看守大門的平安兒來報。守備府周爺差人。送了。一位相面先生。名喚吳神仙。在門首伺候見爹。西門慶道過來人進見遞上守備帖兒。然後道有請。須臾那吳神仙頭戴青布道巾。身穿布袍草履。腰繫黄絲雙穗縧。手執鬅殼扇子。自外飄然進來。年約四十之上。生的神清如長江皓月。貌古似太華喬松。威儀凜凜。道貌堂堂。原來神仙有四般古怪。身如松。聲如鐘。坐如弓。走如風。但見他

能通風鑑。善究子平。觀乾象能識陰陽。察龍經明知風水。五星深講。三命秘談。審格局。決一世之榮枯。觀氣色。定行年之休咎。若非華岳修真客。定是成都賣卜人。

西門慶見神仙進來。忙降階迎接。接至廳上。神仙見西門慶長揖稽首禮。就坐。須臾茶罷。西門慶動問神仙高名雅號。仙鄉何處。因何與周大人相識。那吳神仙坐上欠身道。貧道姓吳名奭。

道號守真。本貫浙江仙遊人。自幼從師。天台山紫虛觀出家。雲遊上國。因往岱宗訪道。道經貴處。周老總兵相約。看他老夫人目疾。特送來府上觀相。西門慶道。老仙長會那幾家陰陽。道那幾家相法。神仙道。貧道粗知十三家子平。善曉麻衣相法。又曉六壬神課。常施藥救人。不愛世財。隨時住世。西門慶聽言。益加敬重。誇道。真乃謂之神仙也。一面令左右放卓兒。擺齋管待神仙。神仙道。周老總兵送貧道來。未曾觀相造。可先要賜齋。西門慶笑道。仙長遠來。已定未用早齋。待用過看命未遲。于是陪着神仙吃了些齋食素饌。擡過卓席。拂抹乾淨。討筆硯來。神仙道。請先觀貴造。然後觀相尊容。西門慶便說與八字。屬虎的。二十九歲了。七月二十八日子時生。這神仙暗暗掐指尋紋。良久說道官人貴造。丙寅年。辛酉月。壬午日。丙子時。七月廿三日。白露巳交八月算命。月令提綱。辛酉理傷官格。于平云。傷官傷盡復生財。財旺生官福轉來。立命申宮。是城頭土。命七歲行運辛酉。十七行壬戌。二十七癸亥。三十七甲子。四十七乙丑。官人貴造。係貧道所講。元命貴旺。八字清奇。非貴則榮之造。但戊土傷官生在七八月。身弱旺。丁辛得壬午日干。丑中有癸水。水火相濟。乃成大器。丙子時。丙合辛生。後來定掌威權之職。一生盛旺。快樂安然。發福遷官。主生貴子。爲人一生耿直。幹事無二。喜則和氣春風。怒則迅雷烈火。一生多得妻財。不少紗帽戴。臨死有二子送老。今歲丁未流年。丁壬相合。目下丁火來尅。若你尅我者爲官鬼。必主平地登雲之喜。添官進祿之榮。大運見行癸亥。戊土得癸水滋潤。定見發生。目下透出紅鸞天喜。熊羆之兆。又命宮驛馬臨申。不過七月必見矣。西門慶問道。我後來運限何如。有災沒有。神仙道。官人休怪。我說但八字中不宜陰水太多。後到甲子運中。常在陰人之上。只是多了底流星打攪。又被了壬午日破了。不出六六之年。主有嘔血流膿之災。骨瘦形衰之病。西門慶問道。于今如何。神仙道。目今流年。只多日逢破敗。五鬼在家炒鬧。些小氣惱。不足為災。都被喜氣神臨門冲散了。西門慶道。命中還有敗否。神仙道。年赶着月。月赶着日。實難矣。西門慶聽了。滿心歡喜。便道先生。你相我面何如。神仙道。請尊容轉正。貧道觀之。西門慶把座兒挪了一挪。神仙相道。夫相者。有心無相。相逐心生。有相無心。相隨心往。吾觀官人頭圓頂短。必為享福之人。體健觔強。決是英豪之輩。天庭高聳。一生衣祿無虧。地閣方圓。晚歲榮華定取。此幾庄兒好處。還有幾庄不足之處。貧道不敢說。西門慶道。仙長但說無妨。神仙道。請官人走兩步看。西門慶真個走了幾步。神仙道。你行如擺柳。必主傷妻。魚尾多紋。定終須勞祿。眼不哭而泪汪汪。心無慮而眉縮縮。若無刑剋。必損其身。妻宫剋過方可。西門慶道。已刑過了。神仙道。請出手來看一看。西門慶舒手來與神仙看。神仙道。智慧生於皮毛。苦樂觀乎手足。細軟豐潤。必享福逸祿之人也。兩目雌雄。必主富而多詐。眉抽二尾。一生常自足歡娛。根有三紋。中主必然多耗散。奸門紅紫。一生廣得妻財。黃氣發於高曠。旬日內必定加官。紅色起於三陽。今歲間必生貴子。又有一件不敢說。淚堂豐厚。亦主貪花。谷道亂毛。號為淫抄。且喜得鼻乃財星。驗中年之造化。承漿地閣。管末世之榮枯。

承漿地閣要豐隆　準乃財星居正中
生平造化皆由命　相法玄機定不容

神仙相畢。西門慶道。請仙長相相房下衆人。一面令小厮後邊請你大娘出來。于是李嬌兒。孟玉樓。潘金蓮。李瓶兒。孫雪娥等衆人都跟出來。在軟屏後潛聽。神仙見月娘出來。連忙道了稽首。也不敢坐。在傍邊觀相。請娘子尊容轉正。那吳月娘把面容朝看廳外。神仙端詳了一回。說娘子面如滿月。家道興隆。脣若紅蓮。衣食豐足。必得貴而生子。聲響神清。必益夫而發福。請出手來。月娘從袖口中露出十指春葱來。神仙道。乾姜之手。女人必善持家。照人之髮。坤道定須秀氣。這幾樁好處。還有些不足之處。休道貧道直說。西門慶道。仙長但說無妨。神仙道淚堂黑痣。若無宿疾必刑夫。眼下皺紋。亦主六親若氷炭。

女人端正好容儀　緩步輕如出水龜
行不動塵言有節　無肩定作貴人妻

相畢月娘退後。西門慶道還有小妾輩請看看。于是李嬌兒過來神仙觀看良久。此位娘子。額尖鼻小非側室。必三嫁其夫。肉重身肥廣有衣食而榮華安享。肩聳聲泣。不賤則孤。鼻梁若低非貧即夭。請步幾步我看。李嬌兒走了幾步。神仙道。

額尖露臂并蛇行　早年必定落風塵
假饒不是娼門女　也是屏風後立人

相畢李嬌兒下去。吳月娘叫孟三姐。你也過來相一相。神仙觀着這位娘子。三停平等。一生衣祿無虧。六府豐隆。晚歲榮華定取。平生少疾。皆因月孛光輝。到老無災。大抵年宮潤秀。請娘子走兩步。玉樓走了兩步。神仙道。

口如四字神清徹　温厚堪同掌上珠
威媚兼全財命有　終主刑夫兩有餘

玉樓相畢。叫潘金蓮過來。那潘金蓮只顧嬉笑。不肯過來。月娘催之再三。方纔出見。神仙擡頭觀看這個婦人。沉吟半日。方纔說道。此位娘子。髮濃鬢重。光斜視以多淫。臉媚眉彎。身不搖而自顫。面上黑痣。必主刑夫。人中短促。終須壽夭。

舉止輕浮惟好淫　眼如點漆壞人倫

月下星前長不足　雖居大廈少安心

相畢金蓮西門慶又叫李瓶兒上來教神仙相一相神仙觀看這個女人皮膚香細乃富室之女娘容貌端莊乃素門之德婦只是多了眼光如醉主桑中之約眉靨漸生月下之期難定觀臥蠶明潤而紫色必產貴兒體白肩圓必受夫之寵愛常遭疾厄只因根上昏沉頻過喜祥盖謂福星明潤此幾椿好處還有幾椿不足處娘子可當戒之山根青黑三九前後定見哭聲法令細纏雞犬之年焉可過慎之慎之

花月儀容惜羽輸　平生良友鳳和鸞

緑門財祿堪依倚　莫把凡禽一樣看

相畢李瓶兒下去月娘令孫雪娥出來相一相神仙看了說道

這位娘子。體矮聲高。額尖鼻小。雖然出谷遷喬。但一生冷笑無情。作事機深内重。只是吃了這四反的虧。後來必主凶夭。四反者。唇反無稜。耳反無輪。眼反無神。鼻反不正故也。

燕體蜂腰是賤人　眼如流水不廉貞
常時斜倚門兒立　不為婢妾必風塵

雪娥下去。月娘教大姐上來相一相。神仙道。這位女娘鼻梁仰露。破祖刑家。聲若破鑼。家私消散。面皮太急。雖溝洫長而壽亦夭。行如雀躍。處家室而衣食缺乏。不過三九。當受折磨。

惟夫反目性通靈　父母衣食僅養身
狀貌有拘難顯達　不遭惡死也艱辛

大姐相畢。教春梅也上來教神仙相相。神仙睜眼兒見了春梅。

年約不上二九頭戴銀絲雲髻兒白線挑衫兒桃紅裙子藍紗比甲兒纏手縛腳出來道了萬福神仙觀看良久相道此位小姐五官端正骨格清奇髮細眉濃稟性要強神急眼圓爲人急燥山根不斷必得貴夫而生子兩額朝拱位早年必戴珠冠行步若飛仙聲响神清必益夫而得祿三九定然封贈但乞了這左眼大早年尅父右眼小周歲尅娘左口角下只一點黑痣主常沾啾唧之災右腮一點黑痣一生受夫愛敬

天庭端正五官平　口若塗硃行步輕
倉庫豐盈財祿厚　一生常得貴人憐

神仙相畢衆婦女皆咬指以爲神相西門慶封白銀五兩與神仙又賞守備府來人銀五錢拿拜帖回謝吳神仙再三辭却說

道貧道雲遊四方。風飡露宿化救萬道。周總兵送將過來。可一時之情耳。要這財何用。決不敢受。西門慶不得已拿出一疋大布。送仙長做一件大衣何如。神仙方纔受之。令小童接了收在經包內。稽首拜謝。西門慶送出大門。揚長飄然而去。正是拄杖兩頭挑日月。葫芦一個隱山川。西門慶送神仙出回到後廳問月娘衆人所相何如。月娘道。相的也都好。只是三個人相不着。西門慶道。那三個人相不着。月娘道。相李大姐有實疾。到明日生貴子。他見將今懷着身孕。這個也罷了。相咱家大姐到明日受折磨。不知怎的折磨。相春梅後日來也生貴子。或者只怕你用了他。各人子孫也看不見。我只不信說他春梅後來戴珠冠。有夫人之分。端的咱家又沒官。那討珠冠來。就有珠冠也輪不到他頭上。西門慶笑道。他相我目下有平地登雲之喜，加官進祿之榮。我那得官來。他見春梅和你每站在一處。又打扮不同。戴着銀絲雲髻兒。只當是你我親生養女兒一般。或後來匹配名門。招個貴壻。故說有些珠冠之分。自古筭的着命筭不着好。相逐心生。相隨心滅。周大人送來。咱不好囂了他的頭。教他相相。除疑罷了。說畢。月娘房中擺下飯。打發吃了飯。西門慶手拿芭蕉扇兒。信步閑遊來。花園大捲棚內聚景堂內。週圍放下簾櫳。四下花木掩映。正值日當午時分。只聞綠陰深處。一派蟬聲。忽然風送花香。襲人撲鼻。有詩為証。

綠樹陰濃夏日長　樓臺倒影入池塘
水晶簾動微風起　一架墻薇滿院香

別院深沉夏草青　石榴開遍透簾明
槐陰滿地日卓午　時聽新蟬噪一聲

西門慶坐於椅上以手扇搖涼只見來安兒畫童兒兩個小廝來井上打水西門慶道叫一個來拿澆冰安放盆內來安兒忙走向前西門慶分付到後邊對你春梅姐說有梅湯提一壺來放在這冰盤內湃着來安兒應諾去了半日只見春梅家常露着頭戴着銀絲雲髻兒穿着毛青布褂兒桃紅夏布裙子手提一壺蜜煎梅湯笑嘻嘻走來問道你吃了飯了西門慶道我在後邊上房裡吃了春梅嗔道不進房裡來把這梅湯放在冰內湃着你吃西門慶點頭兒春梅湃上梅湯走來扶着椅兒取過西門慶手中芭蕉扇兒替他打扇問道頭裡大娘和你說甚麼

話來西門慶道說吳神仙相面一節春梅道那道士平白說戴
珠冠教大娘說有珠冠只怕輪不到他頭上常言道凡人不可
貌相海水不可斗量從來旋的不圓砍的圓各人裙帶上衣食
怎麽料得定莫不長遠只在你家做奴才罷西門慶笑道小油
嘴兒自胡亂你若到明日有了娃兒就替你上了頭于是把他
摟到懷裡手扯着手兒頑耍問他你娘在後邊在屋裡怎的不
見春梅道娘在屋裡教秋菊熱下水要洗浴等不的就在牀上
睡了西門慶道等我吃了梅湯等我掴混他一混去于是春梅
向冰盆倒了一甌兒梅湯與西門慶呷了一口湃骨之凉透心
沁齒如甘露洒心一般須臾吃畢搭伏着春梅肩膀兒轉過角
門來到金蓮牀房中揿開簾櫳進來看見婦人睡在正面一張

新買的螺鈿牀上原是因李瓶兒房中安着一張螺鈿廠廳牀婦人旋教西門慶使了六十兩銀子也替他也買了這一張螺鈿有欄杆的牀兩邊槅扇都是螺鈿攢造安在牀內樓臺殿閣花草翎毛裡面三塊梳背都是松竹梅歲寒三友掛着紫紗帳幔錦帶銀鈎兩邊香毬吊掛婦人赤露玉體止着紅綃抹胸兒蓋着紅紗衾枕石鴛鴦枕在凉席之上睡思正濃房裡異香噴鼻西門慶一見不覺淫心頓起令春梅帶上門出去悄悄脫了衣褲上的牀來掀開紗被見他玉體互相掩映戲將兩股輕開按麈柄徐徐插入牝中比及星眸驚欠之際已抽拽數十度矣婦人睜開眼笑道怪強盜三不知多咱進來奴睡着了就不知道奴睡的甜甜兒摑混死了我西門慶道我便罷了若是有個

生漢子進來你也推不知道罷婦人道我不好罵的誰人七個頭八個胆敢進我這房裡來只許了你恁沒大沒小的罷了原來婦人因前日西門慶在翡翠軒誇獎李瓶兒身上白淨就暗暗將茉莉花蕋兒攪酥油定粉把身上都搽遍了搽的白膩光滑異香可掬使西門慶見了愛他以奪其寵西門慶於是見他身體雪白穿着新做的兩隻大紅睡鞋一面蹲踞在上兩手兜其股極力而提之垂首觀其出入之勢婦人道怪貨只顧端詳甚麼奴的身上黑不似李瓶兒的身上白就是了他懷着孩子你便輕憐痛惜俺每是拾兒由着這等掇弄西門慶問道說你等着我洗澡來婦人問道你怎得知道來西門慶把春梅告訴他話說了一遍婦人道你洗我教春梅掇水來不一時把浴盆掇

到房中注了湯。二人下牀來同浴蘭湯共效魚水之歡。當下添
湯換水洗浴了一回西門慶乘興把婦人仰臥在浴板之上兩
手執其雙足跨而提之掀騰搧幹何止二三百回其聲如泥中
螃蟹一般响之不絕婦人恐怕香雲拖墜一手扶着雲髩一手
扳着盆沿口中燕語鶯聲百般難述怎見這場交戰但見
華池蕩漾波紋亂翠幃高捲秋雲暗才郎情動要爭持稔色
心忙顯手段。一個顛顛巍巍挺硬鎗一個搖搖擺擺輪鋼劍
一個捨死忘生往裡鑽一個尤雲殢雨將功幹撲撲簌簌皮
鼓催碑碑礴礴鎗付劍砍砍磞磞弄响聲砰砰砰砰成一片
下下高高水逆流洶洶湧湧盈清澗滑滑滴滴怎住停攔攔
濟濟難存站。一來一往一衝一撞東西探熱氣騰騰妖雲生

紛紛馥馥香氣散。一個逆水撐船將玉股搖。一個稍公把舵將金蓮搯。一個紫騮猖獗逞威風。一個白面妖嬈遭馬戰。喜喜歡歡美女情。雄雄糾糾男兒願。翻翻覆覆意歡娛。鬧鬧挨挨情摸亂。你死我活更無休。千戰千嬴心胆戰。口口聲聲叫殺人。氣氣昂昂情不厭。古古今今廣鬧爭。不似這番水裡戰。

當下二人水中戰鬪了一回。西門慶精泄而止。搽抹身體乾淨。撤去浴盆。止着薄纗短襦上牀。安放炕卓菓酌飲酒。教秋菊取白酒來。與你爹吃。又向牀閣板上方盒中拿菓餡餅與西門慶吃。恐怕他肚中飢餓。只見秋菊半日拿上一銀注子酒來。婦人纔待斟在鍾上。摸了摸冰凉的。就照着秋菊臉上只一潑。潑了一頭一臉。罵道。好賊少死的奴才。我分付教你篩了來。如何拿冷酒與爹吃。你不知安排些甚麼心兒。吽春梅與我把這奴才。採到院子裡跪着去。春梅道我替娘後邊捲裹脚去來。一些兒沒在根前。你就弄下碜兒了。那秋菊把嘴谷都着口裡喃喃吶吶說道。每日爹娘還吃水湃的酒兒。誰知今日又改了腔兒。婦人聽見罵道好賊奴才。你說甚麼。與我採過來。教春梅每邊臉上打與他十個嘴巴。春梅道皮臉沒的打汚濁了我手。娘只教他頂着石頭跪着罷。于是不由分說。拉到院子內。教他頂着塊大石頭跪着。不在話下。婦人從新教春梅煖了酒來。陪西門慶吃了幾鍾。掇去酒卓。放下紗帳子來。分付拽上房門。兩個抱頭交股。體倦而寢。正是若非群玉山頭見。多是陽臺夢裡尋。畢竟未知後來何如。且聽下回分解。

第三十回

蔡太師擅恩錫爵

西門慶生子加官

第三十回

來保押送生辰担　西門慶生子喜加官

得失榮枯總是閑　機關用盡也徒然
人心不足蛇吞象　世事到頭螳捕蟬
無藥可醫卿相壽　有錢難買子孫賢
家常寸分隨緣過　便是逍遙自在天

話說西門慶。與潘金蓮兩個洗畢澡就睡在房中。春梅坐在穿廊下。一張凉椅兒上納鞋只見琴童兒在角門首探頭舒腦的觀看。春梅問道你有甚話說那琴童又見秋菊頂着石頭跪在院內。只顧用手往來指春梅罵道恠囚根子你有甚麼話說就是了。指手畫脚怎的那琴童笑了半日。方纔說有看墳的張安見在外邊等爹說話哩。春梅道。賊囚根子。張安就是了。何必大驚小怪。見鬼也似悄悄兒的。爹和娘在屋裡睡着了。驚醒他你就是死。你且教張安在外邊等等兒。那琴童兒走出來外邊約等勾半日。又走來角門首踅採問姐。爹起來了不曾。春梅道。怪囚失張冒勢。傜諕我一跳。有要沒緊兩頭回來遊魂哩。琴童道。張安等爹出去見了。說了話。還要赶出門去。怕天晚了。春梅道。爹娘正睡的甜甜兒的。誰敢攪擾他。你教張安且等着去。十分晚了。教他明日去罷。正說着。不想西門慶在房裡聽見。便叫春梅進房問誰說話。春梅道。琴童小厮進來說墳上張安兒在外邊見爹說話哩。西門慶道。拿衣我穿。等我起去。春梅一面打發西門慶穿衣裳。金蓮便問張安來說甚麽話。西門慶道。張安前

日來說。咱家墳。隔壁。趙寡婦家庄子兒。連地要賣價錢三百兩
銀子。我只還他二百五十兩銀子。教張安和他講去。若成了。我
教賁四。和陳姐夫去兌銀子。裡面一眼井。四個井圈打水。我買
了這庄子。展開合爲一處。裡面盖三間捲棚。三間廳房。叠山子
花園。松墻槐樹棚。井亭射箭廳。打毬場耍子去處。破使幾兩銀
子收拾也罷。婦人道也罷。咱買了罷。明日你娘們上墳到那裡
好遊玩耍子。說畢。西門慶往前邊和張安說話去了。金蓮起來
向鏡臺前。重勻粉臉。再整雲鬟。出來院内要打秋菊。那春梅。旋
去外邊叫了琴童兒來吊板子。金蓮便問道。教你拿酒你怎的
拿冷酒與你爹吃。原來你家沒大了。說着你還丁嘴鐵舌兒的
喝聲叫琴童兒。與我老實打與這奴才二十板子。那琴童纔打

到十板子上多虧了李瓶兒笑嘻嘻走過來勸住了饒了他十板金蓮教與李瓶兒磕了頭放他起來厨下去了李瓶兒道老潘領了個十五歲的丫頭後邊二姐姐買了房裡使喚要七兩五錢銀子請你過去瞧瞧要送與他去哩這金蓮遂與李瓶兒一同後邊去了李瓶兒果然問了西門慶用七兩銀子買了丫頭改名夏花兒房中使喚不在話下安下一頭却說一處单表來保同吳主管押送生辰担自從離了清河縣一路朝登紫陌暮踐紅塵飢食渴飲夜住曉行正值大暑炎蒸天氣爍石流金之際路上十分難行評話捷說有日到了東京萬壽門外尋客店安下到次日賫抬馱箱禮物逕到天漢橋蔡太師府門前伺候來保教吳主管押着禮物他穿上青衣逕向守門官吏唱了

個喏。那守門官吏問道。你是那裡來的。來保道。我是山東清河縣西門員外家人。來與老爺進獻生辰禮物。官吏罵道。賊少死野囚軍。你那裡便興你。東門員外西門員外。俺老爺當今一人之下。萬人之上。不論三台八位。不論公子王孫。誰敢在老爺府前這等稱呼。趂早靠後。內中有認的來保的。便安撫來保說道此是新參的守門官吏。纔不多幾日。他不認的你。休怪。你要稟見老爺。等我請出翟大叔來。這來保便向袖中取出一包銀子重一兩。遞與那人。那人道。我到不消。你再添一分。與那兩個官吏休和他一般見識。來保連忙拿出三包銀子來。每人一兩。都打發了。那官吏纔有些笑容兒。說道。你既是清河縣來的。且畧候候。等我領你先見見翟管家。老爺纔從上清寶籙宮進了香回來書房內聽良久請到翟管家出來穿着凉鞋淨襪青絲絹道袍來保見了先磕下頭去翟管家荅禮相還說道前者累你你來與老爺進生辰担禮來了來保先遞上一封揭帖脚下人捧着一對南京尺頭三十兩白金說道家主西門慶多上覆翟爹無物表情這些薄禮與翟爹賞人前者鹽客王四之事多蒙翟爹費心翟謙道此禮我不當受罷罷我且收下來保又遞上太師壽禮帖兒看了還付與來保分付把禮擡進來到二門裡首伺候原來二門西首有三間倒座來往襍人都在那裡待茶須臾一個小童拿了兩盞茶來與來保吳主管吃了少頃太師出廳翟謙先稟知太師太師然後令來保吳主管進見跪於堦下翟謙先把壽禮揭帖呈遞與太師觀看來保吳主管各捧獻禮

物但見黃烘烘金壺玉盞。白晃晃減靸仙人。良工製造費工夫。巧匠鑽鑿人罕見。錦繡蟒衣。五彩奪目。南京紵段。金碧交輝湯羊美酒。盡貼封皮。異菓時新。高堆盤榼。如何不喜。便道這禮物决不好受的。你還將回去。于是慌了。來保等在下叩頭說道。小的主人西門慶。沒甚孝順。些小微物。進献老爺賞人便了。太師道。既是如此。令左右收了。傍邊左右祗應人等。把禮物盡行收下去。太師又道。前日那滄州客人王四等之事。我已差人下書與你巡撫侯爺說了。可見了分上不曾。來保道。蒙老爺天恩書到。衆塩客都牌提到塩運司。與了勘合。都放出來了。太師因向來保說道。禮物我故收了。累次承你主人費心。無物可伸。如何是好。你主人身上可有甚官役。來保道。小的主人。一介鄉民。有

何官役太師道既無官役。昨日朝廷欽賜了我幾張空名。告身
劄付。我安你主人。在你那山東提刑所。做個理刑副千户。頂補
千户賀金的員缺。好不好。來保慌的叩頭謝道。蒙老爺莫大之
恩小的家主舉。家粉首碎身。莫能報答。于是喚堂後官。擡書案
過來。即時僉押了一道空名。告身劄付。把西門慶名字。塡註上
面列銜金吾衛衣左所副千户。山東等處提刑所理刑。向來保
道。你二人替我進獻生辰禮物。多有辛苦。因問後邊跪的。是你
甚麼人。來保纔待說是夥計。那吳主管向前道。小的是西門慶
舅子。名喚吳典恩。太師道。你既是西門慶舅子。我觀你到好個
儀表。喚堂後官取過一張劄付。我安你在本處清河縣。做個驛
丞。倒也去的。那吳典恩。慌的磕頭如搗蒜。又取過一張劄付來。

把來保名字填寫山東鄆王府做了一名校尉。俱磕頭謝了。領了劄付。分付明日早辰吏兵二部掛號。討勘合。限日上任應役。又分付翟謙西廂房管待酒飯。討十兩銀子與他二人做路費。不在話下。看官聽說。那時徽宗天下失政。奸臣當道。讒佞盈朝。高楊童蔡四個奸黨。在朝中賣官鬻獄。賄賂公行。懸秤陞官。指方補價。夤緣鑽刺者。驟陞美任。賢能廉直者。經歲不除。以致風俗頹敗。贓官汚吏。遍滿天下。役煩賦重。民窮盜起。天下騷然。不因奸佞居台輔。合是中原血染人。當下翟謙把來保吳主管邀到廂房管待。廚下大盤大碗肉饗。花糕酒如琥珀。湯飯點心齊上。飽飡了一頓。翟謙向來保說。我有一件事。央及你爹替我處處。未知你爹肯應承我否。來保道。翟爹說那裡話。蒙你老人家這等。老爺前扶持看顧不揀甚事。但肯分付。無不奉命。翟謙道。不瞞你說。我答應老爺每日止賤荊一人。我年也將及四十。常有疾病。身邊通無所出。央及你爹。只說你那貴處有好人才女子。不拘十五六上下。替我尋一個。送來該多少財禮。我一一奉過去。于是一封人事。并回書付與來保。又已送二人五兩盤纏。來保再三不肯受。說道。剛纔老爺上已賞過了。翟爹還收回去。翟謙道。那是老爺的。此是我的。不必推辭。當下吃畢酒飯。翟謙道。如今我這裡替你差個办事官。同你到下處。明早好往吏兵二部掛號。就領了勘合。好起身。省的你明日又來。途間往返了。我分付了去。部裡不敢遲滯了你文書。那時喚了個办事官。名喚李中友。你與二位。明日同到部裡掛了號。討勘合來回我話那員官。與來保吳典恩作辭出的府門來。到天漢橋街上。白酒店內會話。管待酒飯。又與了李中友三兩銀子。約定明日。絶早先到吏部。然後到兵部。都掛號討了勘合。開得是太師老爺府裡。誰敢遲滯。顛倒奉行。金吾衛太尉朱勔。即時使印僉了票。帖行下頭司。把來保塡註在本處山東鄆王府當差。又拿了個拜帖。回翟管家。不消兩日。把事情幹得完備。有日顧頭口起身。星夜回清河縣來報喜。正是富貴必因奸巧得。功名全仗鄧通成。

且說一日三伏天氣。十分炎熱。在家中聚景堂中。大捲棚內。賞玩荷花。避暑飲酒。吳月娘與西門慶居上坐。諸妾與大姐都兩邊列坐。春梅迎春。玉簫蘭香。一般兒四個家樂在傍彈唱。怎見的當日酒席。但見盆栽綠草。瓶插紅花、水晶簾捲、蝦鬚雲母屏開。孔雀盤堆麒脯。佳人笑捧紫霞觴、盆浸冰桃、美女高擎碧玉斝。食烹異品菓獻時新。絃管謳歌。奏一派聲清韻美、綺羅珠翠。擺兩行舞女歌兒。當筵象板撒紅牙。遍體舞裙鋪錦綉、消遣壺中閒日月。遨遊身外醉乾坤。

妻妾正飲酒中間、坐間不見了李瓶兒。月娘向綉春說道、你娘往屋裡做甚麽哩。怎的不來吃酒、綉春道。我娘害肚裡疼。屋裡歪着哩、便來也。月娘道、還不快對他說去。休要歪着、來這裡坐着聽一回唱罷。西門慶便問月娘怎的。月娘道。李大姐忽然害肚裡疼、屋裡倘着哩。我剛纔使小丫頭請他去了。因向玉樓道。李大姐七八臨月。只怕攪撒了。潘金蓮道。大姐姐他那裡是這個月約他是八月裡孩子還早哩西門慶道既是早哩使丫頭請你六娘來聽唱不一時只見李瓶兒來到月娘道只怕你掉了風冷氣你吃上鍾熱酒管情就好了不一時各人面前斟滿了酒西門慶分付春梅你每唱個人皆畏夏日我聽那春梅等四個方繞箏排雁柱阮跨鮫綃啟朱唇露皓齒唱人皆畏夏日云云那李瓶兒在酒席上只是把眉頭忔𢥠着也沒等的唱完了回房中去了月娘聽了詞曲耽着心使小玉房中瞧去回來報說六娘害肚裡疼在炕上打滚哩慌了月娘道我說是時候這六姐還強說早哩還不喚小厮來快請老娘去西門慶即令來安兒風跑快請蔡老娘去于是連酒也吃不成都來李瓶兒房中問他月娘問道李大姐你心裡覺怎的李瓶兒回道大娘

我只心口連小肚子往下鱉墜着疼月娘道你起來休要睡着
只怕滾壞了胎老娘請去了便來也少頃漸漸李瓶兒疼的緊
了月娘又問使了誰請老娘去了這咱還不見來玳安道爹使
了來安去了月娘罵道這囚根子你還不快迎迎去平白沒筭
計使那小奴才去有緊沒慢的西門慶叫玳安快騎了騾子赶
了去月娘道一個風火事還像尋常慢條斯禮兒的那潘金蓮
見李瓶兒待養孩子心中未免有幾分氣在房裡看了一回把
孟玉樓拉出來兩個站在西稍間簷柱兒底下那裡歇凉一處
說話說道耶嚛嚛緊着熱刺刺的擠了一屋子裡人也不是養
孩子都看着下象胆哩良久只見蔡老娘進門望衆人那位主
家奶奶李嬌兒道這位大娘裡那蔡老娘倒身磕頭去月娘道

姥姥生受你。怎的這咱纔來。蔡老娘道。你老人家聽我告訴。

我做老娘姓蔡　兩隻脚兒能快　身穿怔綠喬紅
各樣鬏髻歪戴　嵌絲環子鮮明　閃黃手帕符攃
入門利市花紅　坐下就要管待　不拘貴宅嬌娘
那管皇親國太　教他任意端詳　被他褪衣剮劃
横生就用刀割　難産須將拳揣　不管臍膞包衣
着忙用手撕壞　活時來洗三朝　死了走的偏快
因此主顧偏多　請的時常不在

月娘道。你且休閑說。請看這位娘子敢待生養也。蔡老娘向牀前摸了摸。李瓶兒身上。說道是時候了。問大娘預備下綳接草紙不曾。月娘道。有便教小玉往我房中快取去。且說玉樓見老

娘進門便向金蓮說蔡老娘來了咱不往屋裡看看去那金蓮
一面不是一面說道你要看你去我是不看他他是有孩子的
姐姐又有時運人怎的不看他頭裡我自不是說了句話兒見
他不是這個月的孩子只怕是八月裡的教大姐姐白搶白相
我想起來好沒來由倒惱了我這半日玉樓道我也只說他是
六月裡孩子金蓮道這回連你也韶刀了我和你恁算他從去
年八月來又不是黃花女兒當年懷入門養一個後婚老婆漢
子不知見過了多少也一兩個月纔生胎就認做是咱家孩子
我說差了若是八月裡孩兒還有咱家些影兒若是六月的踩
小板凳兒糊險道神還差着一帽頭子哩失迷了家鄉那裡尋
犢兒去正說着只見雪娥後邊和小玉抱着草紙繃接并小褥

子兒來。孟玉樓道。此是大姐姐預備下。他早晚臨月用的物件兒。今日且借來應急兒。金蓮道。一個是大老婆。一個是小老婆。明日兩個對養。十分養不出來。零碎出來也罷。俺每是買了個毋雞不下蛋。莫不殺了我不成。又道仰着合着。沒的狗咬尿胞虛喜歡。玉樓道。五姐是甚麼話。以後見他說話兒出來。有些不防頭。惱。只低着頭弄裙子。並不作聲應答他。潘金蓮用手扶着庭柱兒。一隻脚跐着門檻兒。口裡磕着瓜子兒。只見孫雪娥聽見李瓶兒前邊養孩子。後邊慌慌張張。一步一跌走來覷看。不防黑影裡被臺基險些不曾絆了一交。金蓮看見教玉樓你看。献勤的小婦奴才。你慢慢走慌怎的。搶命哩黑影子拌倒了。磕了牙也是錢。姐姐。賣蘿蔔的拉塩担子。攮醎嘈心。養下孩子來。

明日賞你這小婦一個紗帽戴。良久只聽房裡呱的一聲。養下來了。蔡老娘道。對當家的老爹說。討喜錢。分娩了一位哥兒。哭月娘報與西門慶。西門慶慌的連忙洗手。天地祖先位下。滿爐降香。告許一百二十分清醮。要祈子母平安。臨盆有慶。坐草無虞。這潘金蓮。聽見生下孩子來了。合家歡喜。亂成一塊。越發怒氣。生走去了。房裡自閉門戶。向床上哭去了。時宣和四年。戊申六月廿一日。也正是不如意處常八九。可與人言無二三。這蔡老娘收拾孩兒。咬去臍帶。埋畢衣胞。熬了些定心湯。打發李瓶兒吃了。安頓孩兒停當。月娘讓老娘後邊管待酒飯。臨去西門慶與了他五兩一定銀子。許洗三朝來還與他一疋段子。這蔡老娘千恩萬謝出門。當日西門慶進房去。見一個滿抱的孩子。生的甚是白淨心中十分歡喜合家無不欣悅晚夕就在李瓶兒牀房中歇了不住來看孩兒次日巴天不明早起來拿十副方盒使小廝各親戚隣友處分投送喜麵應伯爵謝希大聽見西門慶生了子送喜麵來慌的兩步做一步走來賀喜西門慶留他捲棚內吃麵剛打發去了正在廳上亂着使小廝叫媒人來尋養娘看妳孩兒忽有薛嫂兒領了個妳子來原是小人家媳婦兒年三十歲新近丟了孩兒不上一個月男子漢當軍過不的恐出征去無人養贍只要六兩銀子要賣他月娘見他生的乾淨對西門慶說兑了六兩銀子留下起名如意兒教他早晚看妳哥兒又把老馮叫來瘖房中使喚每月與他五錢銀子管顧他衣服正熱鬧一日忽有平安報來保吳主管在東京回還

見在門首下頭口。不一時二人進來。見了西門慶報喜。西門慶問喜從何來。二人悉把到東京見蔡太師進禮一節。從頭至尾訴說一遍。老爺見了禮物甚喜。說道我累次受你主人禮太多。無可補報。因問爹原祖上有甚差事。小的說一介鄉民。並無寸役在身。太師老爺說朝廷欽賞了他幾張空名誥身劄付。與了爹一張。填寫爹名姓在上。填註在金吾衛副千户之職。就委差的在本處提刑所理刑。頂補賀老爹員缺。把小的做了鐵鈴衛校尉。填註鄆王府當差。吳主管陞做本縣驛丞。于是把一樣三張印信劄付。并吏兵二部勘合。并誥身都取出來。放在卓上與西門慶觀看。西門慶看見上面。銜着許多印信。朝廷欽依事例。果然他是副千户之職。不覺歡從額角眉尖出。喜向腮邊笑臉生便把朝廷明降。拿到後邊。與吳月娘眾人觀看。說太師老爺、擡舉我陞我做金吾衛副千户。居五品大夫之職。你頂受五花官誥。坐七香車。做了夫人。又把吳主管携帶做了驛丞。來保做了鄆王府校尉。吳神仙相我不少紗帽戴。有平地登雲之喜。今日果然不上半月。兩椿喜事都應驗了。對月娘說李大姐養的這孩兒甚是脚硬。到三日洗了三。就起名叫做官哥兒罷。與月娘看了。來保進來。與月娘眾人磕頭說了回話。分付明日早把文書。下到提刑所衙門裡。與夏提刑知會了。吳主管明日早下文書到本縣。作辭西門慶回家去了。到次日洗三畢。眾親隣朋友。一槩都知西門慶。第六個娘子。新添了娃兒未過三日。就有如此美事。官祿臨門。平地做了千户之職誰人不來趨附。送禮慶賀。人來人去。一日不斷頭常言時來。誰不來。時不來。誰來。正是時來頑鐵有光輝運退眞金無艷色畢。竟未知後來何如。且聽下回分解。

第三十一回 琴童藏壺構釁

西門開宴為歡

新刻金瓶梅詞話卷之四

第三十一回

琴童藏壺覷玉簫　西門慶開宴吃喜酒

家富自然身貴　逢人必讓居先
貧寒敢仰上官憐　彼此都看錢面
婚嫁專尋勢要　通財邀結豪英
不知興廢在心田　只靠眼前知見

話說西門慶次日使來保提刑所。本縣下文書。一面使人做官帽。又喚趙裁。率領四五個裁縫。在家來裁剪尺頭。儹造衣服。又叫了許多匠人。釘了七八條。都是四尺寬玲瓏雲母。犀角鶴頂。紅玳瑁魚骨香帶。不說西門慶家中熱亂。且說吳典恩。那日走到應伯爵家。把做驛丞之事。再三央及伯爵。要問西門慶借銀子。上下使用。許伯爵借銀子出來。把十兩銀子買禮物謝老兄。說着跪在地下。慌的伯爵一手拉起。說道。此是成人之美。大官人照顧你東京走了這遭。攜帶你得此前程。也不是尋常小可。因問你如今所用多少勾了。吳典恩道。不瞞老兄說。我家活人家。一文錢也沒有。到明日上任参官。贄見之禮。連擺酒。并治衣類鞍馬。少說也得七八十兩銀子。那裡區處。如今我寫了一紙文書在此。也沒敢下數兒。望老兄好歹扶持小人。在旁加美言。事成恩有重報。不敢有忘。伯爵看了文書。因令吳二哥你說借出這七八十兩銀子來。也不勾使。依我取筆來。寫上一百兩。恒是看我面。不要你利錢。你且得手使了。到明日做上官兒。慢慢

陸續還他。也是不遲。常言俗語說得好。借米下得鍋。討米下不
的鍋。哄了一日是兩晌。何況你又在他家曾做過買賣。他那裡
把你這幾兩銀子放在心上。那吳典恩聽了。謝了又謝。于是把
文書上塡寫了一百兩之數。當下兩個吃了茶。一同起身。來到
西門慶門首。伯爵問守門平安。見你爹起來了不曾。平安見道。
俺爹起來了。在捲棚看着匠人釘帶哩。待小的禀去。于是一直
走來。報西門慶說。應二爹和吳二叔來了。西門慶道。請進。不一
時二人進入裡面。見有許多裁縫匠人。七手八脚做生活。西門
慶帶着小帽錦衣。和陳經濟在穿廊下。看着寫見官手本揭帖。
見二人作揖讓坐。伯爵問哥的手本劄付。下了不曾。西門慶道。
今早使小价往提刑府下劄付去了。今有手本還未往東平府。

并本縣下去。說畢。小廝書童兒拿上茶來。吃畢茶。那應伯爵并不題吳主管之事。走下來且看匠人釘帶。西門慶見他拿起帶來看。一徑賣弄說道。你看我尋的這幾條帶如何。伯爵極口稱讚誇奬說道。虧哥那裡尋的。都是一條賽一條的好帶。難得這般寬大。別的倒也罷了。自這條犀角帶。并鶴頂紅。就是滿京城拿着銀子。也尋不出來。不是面奬。說是東京衛主老爺。玉帶金帶空有。也沒這條犀角帶。這是水犀角。不是旱犀角。旱犀不值錢。水犀角號作通天犀。你不信取一碗水。把犀角安放在水內。分水為兩處。此為無價之寶。又夜間燃火照千里。火光通宵不滅。因問哥你使了多少銀子尋的。西門慶道。你每試估估價值。伯爵道。這個有甚行款。我每怎麼估得出來。西門慶道。我對你

說了罷此帶是大街上王招宣府裡的帶昨日晚間一個人聽
見我這裡要帶巴巴來對我說我着賁四拿了七十兩銀子再
三回了他這條帶來他家還張致不肯定要一百兩伯爵道且
難得這等寬樣好看哥你到明日繫出去甚是霍綽就是你同
僚間見了也愛于是誇美了一回坐下西門慶便向吳主管問
道你的文書下了不曾伯爵道吳二哥文書還未下哩今日巴
巴的他央我來激煩你雖然蒙你招顧他往東京押生辰担蒙
太師與了他這個前程就是你擡舉他一般也是他各人造化
說不的一品至九品都是朝廷臣子況他如今家中無錢他告
我說就是如今上任見官擺酒并治衣服之類也并許多銀子
使一客不煩二主那處活變去沒奈何哥看我面有銀子借與

幾兩扶持他賙濟了這些事兒他到明日做上官就啣環結草
也不敢忘了哥大恩人休說他舊是咱府中夥計在哥門下出
入就是從前後外京外府官吏哥不知拔濟了多少不然你教
他那裡區處去因說道吳二哥你拿出那符兒來與你大官人
瞧這吳典恩連忙向懷中取出遞與西門慶觀看見上面借一
百兩銀子中人就是應伯爵每月利行五分西門慶取筆把利
錢抹了說道既是應二哥作保你明日只還我一百兩本錢就
是了我料你上下巴得這些銀子攪纏于是把文書收了纔待
後邊取銀子去忽有提刑所夏提刑拿帖兒差了一名寫字的
拿手本三班送了十二名排軍來答應就問討上任日期討問
字號衙門同僚具公禮來賀西門慶教陰陽徐先生擇定七月

初二日。青龍金匱黃道。宜辰時到任。拿拜帖兒囘夏提刑。賞了寫字的五錢銀子。俱不必細說。應伯爵和吳典恩。正在捲棚內坐的。只見陳經濟拿着一百兩銀子出來。教與吳主管。說吳二哥你明日只還我本錢便了。那吳典恩一面接了銀在手。叩頭謝了。西門慶道我不留你坐罷。你家中執你的事去。留下應二哥我還和你說句話兒。那吳典恩拿着銀子。歡喜出門。看官聽說。後來西門慶死了。家中時敗勢衰。吳月娘守寡。把小玉配與玳安爲妻。家中平安兒小厮。又偷盜出解當庫頭面。在南尾子裡宿娼。被吳驛丞拿住。痛刑拷打。教他指攀月娘與玳安有奸。要羅織月娘出官。恩將仇報。此係後事。表過不題。正是不結子花休要種。無義之人不可交。那時賈四往東平府。并本縣下了

手本來回話。西門慶留他和應伯爵。陪陰陽徐先生擺飯。正吃
着飯。只見西門慶舅子吳大舅來拜望。徐先生就起身。良久。應
伯爵也作辭出門。來到吳主管家。吳典恩又早封下十兩。保頭
錢。雙手遞與伯爵。磕下頭去。伯爵道。若不是我那等取巧說着。
他會勝不肯借與你。這一百兩銀子與你。隨你上下還使不了
這些。還落一半家中盤纏。那吳典恩謝了伯爵。治办官帶衣
類。擇日見官上任不題。那時本縣正堂李知縣。會了四衙同僚。
差人送羊酒賀禮來。又拿帖兒送了一名小郎來答應。年方一
十八歲。本貫蘇州府常熟縣人。喚名小張松。原是縣中門子出
身。生的清俊。面如傅粉。齒白唇紅。又識字會寫。善能歌唱南曲。
穿着青絹直裰。京鞋淨襪。西門慶一見小郎伶俐。滿心歡喜。就

拿拜帖回覆李知縣留下他在家答應改換了名字叫做書童兒與他做了一身衣裳新靴新帽不教他跟馬教他專管書房收禮帖拿花園門鑰匙祝日念又舉保了一個十四歲小廝來答應亦改名棋童每日派定和琴童兒兩個背書袋夾拜帖匣跟馬上任日期在衙門中擺大酒席桌面出票拘集三院樂工牌色長承應吹打彈唱後堂飲酒日暮時分散歸每日騎着大白馬頭戴烏紗身穿五彩洒線揉頭獅子補子員領四指大寬萌金茄楠香帶粉底皂靴排軍喝道張打着大黑扇前呼後擁何止十數人跟隨在街上搖擺上任回來先拜本府縣帥府都監并清河左右衛同僚官然後親朋隣舍何等榮耀施爲家中收禮接帖子一日不斷正是

白馬血纓彩色新　不來親者。強來親

時來頑鐵皆光彩　運去良金不發明

西門慶自從到任以來。每日坐提刑院衙門中。陞廳畫卯。問理公事。光陰迅速。不覺李瓶兒坐蓐一月將滿。吳大妗子。二妗子。楊姑娘。潘姥姥。吳大姨。喬大户娘子。許多親隣堂客女眷。都送禮來。與官哥兒做彌月。院中李桂姐。吳銀兒。見西門慶做了提刑所千户。家中又生了子。亦送大禮。坐轎子來慶賀西門慶。那日在前邊大廳上擺設筵席。請堂客飲酒。春梅。迎春。玉簫。蘭香。都打扮起來。在席前與月娘斟酒執壺。堂客飲酒。原來西門慶每日從衙門中來。只見外邊廳上。就脫了衣服。教書童疊了。安在書房中。止戴着冠帽。進後邊去。到次日起身。旋使丫鬟來書房中取新近收拾大廳西廂房一間做書房內安牀几桌椅屏幃筆硯琴書之類書童兒晚夕只在牀脚踏板書搭着鋪睡未曾西門慶出來就收拾頭腦打掃書房乾淨伺候答應或是在那房裡歇早辰就使出那房裡丫鬟來前邊取衣服取來取去不想這小郎本是門子出身生的伶俐乖覺又清俊二者又各房丫頭打牙犯嘴慣熟于是暗和上房裡玉簫兩個嘲戲上了那日也是合當有事這小郎正起來在書房牀地平上插着棒兒香正在窓戶臺上擱着鏡兒梳頭拿紅繩扎頭髮不料上房玉簫推開門進來看見說道好賊囚你這咱還來描眉畫眼兒的爹吃了粥便出來書童也不理只顧扎包髻兒那玉簫道爹的衣服疊了在那裡放着哩書童道在牀南頭安放着哩玉簫

道他今日不穿這一套他分付我教問你要那件玄色匾金補子系布圓領玉色襯衣穿書童道那衣服在厨櫃裡我昨日纔收了今日又要穿他姐你自開門取了去那玉簫且不拿衣服走來根前看着他扎頭戲道怪賊囚也像老婆般拿紅繩扎着頭兒梳的髩這虚籠籠的因見他白滾紗漂白布汗掛兒上繫着一個銀紅紗香袋兒一個綠紗香袋兒問他要你與我這個銀紅的罷書童道人家個愛物兒你就要玉簫道你小厮家帶不的這銀紅的只好我帶書童道早是這個罷了打要是個漢子兒你也愛他罷被玉簫故意向他肩膊上擰了一把說道賊因你夾道賣門神看出來的好畫兒不由分說把兩個香袋子等不的解都揪斷繫兒放在袖子內書童道你好不尊貴把人

的帶子也掀斷。被玉簫發訕一拳。一把戲打在身上。打的書童急了。說姐你休鬼混。我待我扎上這頭髮著。玉簫道。我且問你。沒聽見爹今日往那去。書童道。爹今日與縣中三宅華主簿老爹送行。在皇庄薛公公那裡擺酒。來家早。下午時分。我聽見會下應二叔。今日兌銀子。要買對門喬大户家房子。那裡吃酒罷了。玉簫道。等住回。你休往那去了。我來和你說話。書童道。我知道。玉簫于是與他約會下。拿衣服一直往後邊去了。少頃西門慶出來。就叫書童分付。在家。別往那去了。先寫十二個請帖兒。都用大紅紙封套。二十二日請官家吃慶官哥兒酒。教來興兒買办東西。添厨役茶酒。預備卓面齊整。玳安和兩名排軍送帖兒叫唱的。留下琴童兒在堂客面前管酒。分付畢。西門慶上馬送行去了。那吳月娘眾姊妹。請堂客到齊了。先在捲棚擺茶。然後大廳上。屏開孔雀。褥隱芙蓉。上坐席間。叫了四個妓女彈唱。果然西門慶到午後時分來家。家中安排一食菓酒菜。邀了應伯爵和陳經濟。把了七百兩銀子。往對門喬大户家成房子去了。堂客正飲酒中間。只見玉簫拿下一銀執壺酒。并四個梨。一個柑子。逕來廂房中。送與書童兒吃。推開門。不想書童兒不在裡面。恐人看見。連壺放下。就出來了。可霎作怪。琴童兒正在上邊看酒。冷眼睃見玉簫進書房去。半日出來。只知有書童兒在裡邊。三不知扠進去。瞧。不想書童兒外邊去。不曾進來。一壺熱酒。和菓子。還放在牀底下。這琴童連忙把菓子藏袖裡。將那一壺酒。影着身子。一直提到李瓶兒房裡。迎春和婦人。都在上邊。

不曾下來。止有奶子如意兒和綉春在屋裡看哥兒那琴童進門就問姐在那裡。綉春道。他在上邊與娘斟酒哩。你問他怎的琴童兒道我有個好的兒教他替我收着。綉春問他甚麼。他又不拿出來。只說着迎春從上邊拿下一盤子燒鵝肉一碟玉米面玫瑰菓餡蒸餅兒與妳子吃。看見便道。賊囚你在這裡笑甚麼。不在上邊看酒。那琴童方纔把壺從衣裳底下拿出來。教迎春姐你與我收了。迎春道。此是上邊篩酒的執壺你平白拿來做甚麼。琴童道。姐你休管他。此是上房裡玉簫和書童兒小廝七個八個偷了這壺酒和些柑子梨送到書房中與他吃。我赶眼不見戲了他的來。你只與好生收着。隨問甚麼人來抓尋休拿出來。我且拾了白財兒着。因把梨和柑子掏出來與迎春瞧。

說着我看篩了酒今日該我獅子街房子裡我上宿去也迎春道等住回抓尋壺久亂你就承當琴童道我又沒偷他的壺各人當場者亂隔壁心寬管我腿事說畢揚長去了迎春把壺藏放在裡間卓上不題至晚酒席上人散查收家火少了一把壺玉簫往書房中尋那裡得來再有一把也沒了問書童說我外邊有事去不知道那玉簫就慌了一口推在小玉身上小玉罵道倉昏了你這淫婦我後邊看茶你抱着執壺在席上與娘斟酒這回不見了壺兒你來賴我向各處都抓尋不着良久李瓶兒到房來迎春如此這般告訴琴童兒拿了一把進來教我替他收着李瓶兒道這囚根子他做甚麼拿進他這把壺來後邊爲這把壺好不反亂玉簫推小玉小玉推玉簫急的那大丫頭

賭身發咒。只是哭。你趂早還不快替他送進去哩。遲回管情就
賴在你這小淫婦兒身上。那迎春方纔取出壺。要送入後邊來。
後邊玉簫和小玉兩個正亂這把壺不見了。兩個嚷到月娘面
前。月娘道賊臭肉還敢嚷的是些甚麼。你每管着那一門兒把
壺不見了。玉簫道我在上邊跟着娘遞酒。他守着銀器家火不
見了。如今賴我。小玉道大妗子要茶。我不往後邊替他取茶去。
你抱着執壺兒怎的不見了。敢屁股大吊了心了。也怎的。月娘
道。我省恐今日席上再無閒雜人。怎的不見了東西。等住回看
這把壺從那裡出來。等住回嚷的你主子來。沒這壺。管情一家
一頓玉簫道。爹若打了我。我把這淫婦饒了。也不筭。正亂着。只
見西門慶自外來。問因甚嚷亂。月娘把不見壺一節說了一遍。

西門慶道。慢慢尋就是了。平白嚷的是些甚麽。潘金蓮道。若是吃一遭酒。不見了一把。不嚷亂你家是王十萬。頭醋不酸。到底兒薄。看官聽說。金蓮此話。譏諷李瓶兒首先生孩子滿月。不見了也是不吉利。西門慶明聽見。只不做聲。只見迎春送壺進來。玉簫便道。這不是壺有了。月娘問迎春這壺端的在那裡來。迎春悉把琴童從外邊。拿到俺娘屋裡收着。不知在那裡來。月娘因問琴童兒那奴才。如今在那裡。玳安道。他今日該獅子街房差上宿去了。金蓮在旁不覺鼻子裡笑了一聲。西門慶便問。你笑怎的。金蓮道。琴童兒是他家人。放壺他屋裡。想必要瞞昧這把壺的意思。要叫我。使小厮如今叫將那奴才。老實打着。問他個下落。不然頭裡就賴他那兩箇。正是走殺金剛坐殺佛。西門慶聽了。心中大怒。睜眼看着金蓮說道。看着你恁說起來。莫不李大姐他愛這把壺。既有了。丟開手就是了。只管亂甚麼。那金蓮把臉羞的飛紅了。便道誰說姐姐手裡沒錢。說畢。走過一邊使性兒去了。西門慶就被陳經濟來請。說有管磚廠劉太監差人送禮來。往前去看了。金蓮和孟玉樓站在一處罵道恁不逢好死。三等九做賊強盜這兩日作死也怎的。自從養了這種子。恰似他生了太子一般。見了俺每如同生剎神一般。越發通沒句好話兒說了。行動就睜着兩個毬窟礲喓喝人。誰不知姐姐有錢。明日慣的他每小廝丫頭養漢做賊。把人合遍了。也休要管他說着。只見西門慶坐了一回。往前邊去了。孟玉樓道你還不去。他管情往你屋裡去了。金蓮道可是他說的有孩子屋裡熱鬧。俺每沒孩子的屋裡冷清。正說着。只見春梅從外來。玉樓道。我說他往你屋裡去了。你還不信哩。這春梅來叫你來了。一面叫過春梅來問他。春梅道。我來問玉簫要汗巾子來。他今日借了我汗巾子戴來。玉樓問道。你爹在那裡。春梅道。爹往六娘房裡去了。這金蓮聽了。心上如攛上一把火相似。罵道。賊強人。到明日永世千年。就跌折脚也別要進我那屋裡。踹踹門檻兒。教那牢拉的囚根子。把懷子骨搣折了。玉樓道。六姐你今日怎的下恁毒口呪他。金蓮道。不是這說。賊三寸貨強盜那鼠腹雞腸的心兒。只好有三寸大一般。都是你老婆。無故只是多有了這點尿胞種子罷了。難道怎麼樣兒的。做甚麼恁擡一個滅一個把人躧到泥裡。正是。大風刮倒梧桐樹。自有旁人話短長。這裡金蓮使性兒不題。且說西門慶走到前邊。薛太監差了家人。送了一罈內酒。一牽羊。兩疋金段。一盤壽桃。一盤壽麵。四樣餚饌。一者祝壽。二者來賀。西門慶厚賞來人。打發去了。到後邊有李桂姐。吳銀兒兩個拜辭要家去。西門慶道。你每兩個再住一日兒。到二十八日。我請你帥府周老爹。和提刑夏老爹。都監荊老爹。管皇庄薛公公。和磚廠劉公公。有院中親要扮戲的。教你二位只專遞酒。桂姐道。既留下俺每。我教頭頭家去回媽聲放心些。于是把兩人轎子都打發去了。不在話下。次日西門慶在大廳上錦屏羅列。綺席鋪陳。預先發柬請官客飲酒。因前日在皇庄見管磚廠劉公公。故與薛內相都送了禮來。西門慶這裡發柬請他。又邀了應伯爵。謝希大兩個相陪。從飯時。各人衣帽齊整。又早先到了。西門慶讓他捲棚內坐待茶。伯爵因問今日哥席間請那幾客。西門慶道。有劉薛二內相。帥府周大人都監荊南江。敞同僚夏提刑。團練張總兵。衛上范千戶。吳大哥吳二哥。喬老。便今日使人來回了不來。連二位通只數客。說畢。適有吳大舅二舅到。作了揖同坐下。左右放卓兒擺飯。吃畢。應伯爵因問哥兒滿月抱出來不曾。西門慶道。也是因眾堂客要看。房下說且休教孩兒出來。恐風試着他。他妳子說不妨事。教妳子用被裹出來。他大媽屋裡走了遭。應了個日子兒。就進屋去了。伯爵道。那日嫂子這裡請去。房下也要來走走。百忙他舊時那疾又舉發了。起不的炕兒。心中急的要不的。如今趂人未到。爹倒好說聲。抱哥兒出來。俺每同看一看。西門慶一面分付後邊慢慢抱哥兒出來。休要諕着他。對你娘說。大舅二舅在這裡和應二爹謝爹要看一看。月娘教妳子如意兒用紅綾小被兒裹的緊緊的。送到捲棚角門首。玳安兒接抱到捲棚內。衆人睜眼觀看。官哥兒穿着大紅段毛衫兒。生的面白紅唇。甚是富態。都喝誇獎不已。伯爵與希大。每人袖中掏出一方錦段兜肚上着一個小銀墜兒。惟應伯爵與一揪五色線。上穿着十數文長命錢。教與玳安兒好生抱回房去。休要驚諕哥兒。說道。相貌端正。天生的就是個戴紗帽胚胞兒。西門慶大喜。作揖謝了他二人重禮。伯爵道。哥沒的說。惶恐表意罷了。說話中間。忽報劉公公薛公公來了。慌的西門慶穿上衣。儀門迎接。二位內相坐四人轎。穿過肩轎。纓鎗隊喝道而至。西門慶先讓至大廳上。拜見叙禮接茶落後周守備荊都監夏提刑等衆武官都是錦綉服遞藤棍大扇軍牢喝道僚椽跟隨須臾都到了門首黑壓壓的許多伺候裡面鼓樂喧天笙簫迭奏上坐遞酒之時劉薛二内相相見廳正面設十二張卓席都是幗拴錦帶花神金瓶卓上擺着簇盤定勝地下鋪着錦裀綉毯西門慶先把盞讓坐次劉薛二内相再三讓遜還有列位大人周守備道二位老太監齒德俱尊常言三歲内宦居於王公之上這個自然首坐何消泛講彼此讓遜了一回薛内相道劉哥既是列位不肯難爲東家咱坐了罷于是羅圈唱了個諾打了恭劉内相居左薛内相居右每人膝下放一條手巾兩個小厮在傍打扇就坐下了其次者纔是周守備荊都監衆人須臾堦下一派簫韶動起樂來怎的

的當日好筵席。但見食烹異品。菓獻時新。須臾酒過五巡。湯陳
三獻。厨役上來。割了頭一道。小割燒鵝。先首位劉内相賞了五
錢銀子。教坊司俳官跪呈上大紅帋手本。下邊簇擁一段笑樂
的。院本當先。是外扮節級上開
法正天心順。官清民自安。妻賢夫禍少。子孝父心寬。小人不
是別人。乃是上廳節級是也。手下管着許多長行樂偏匠。昨
日市上買了一架圍屏。上寫着滕王閣的詩。訪問人
請問人說是唐朝身不滿三尺。王勃殿試所作。自說此人下筆
成章。廣有學問。乃是個才子。我如今叫傳末抓尋着。請得他來。
見他一見。有何不可。傳末的在那裡。末云 堂上一呼。堦下百諾。
禀復節級有何使令。外云 我昨日見那圍屏上。寫的滕王閣詩

甚好。聞說乃是唐朝。身不滿三尺。王勃殿試所作。我如今這個樣板去。恨卽時就替我請去。請得來一錢賞賜。請不得來二十麻杖。决打不饒。末云 小人理會了。轉下云 節級糊塗。那王勃殿試。從唐時到如今何止千百餘年。教我那裡抓尋他去。不免來來去去。到於文廟門首。遠遠望見一位飽學秀士過來。不免動問他一聲。先生你是做滕王閣詩的。身不滿三尺。王勃殿試麽。

淨扮秀才笑云 王勃殿試。乃唐朝人物。今時那裡有。試哄他一哄。我就是那王勃殿試滕王閣的詩是我做的。我先念兩句你聽。南昌故郡。洪都新府。星分翼軫。文光射斗牛之墟。人傑地靈。徐孺下陳蕃之榻。末云 俺節級與了我這副樣板。身只要三尺。差一指也休請去。你這等身軀如何充得過。淨云不打緊道在

人爲你見那裡。又一位王勃殿試來了。皆扯矮子來 將樣板比

淨趄縮 末笑云。可充得過了。淨云 一件。見你節級切記好歹小

板櫈兒要緊。來來去去。到節級門首。末 令 淨 外邊伺候 淨云 小

板櫈兒要緊。等進去禀報節級 外云 你請得那王勃殿試來了。

末云 見請在門外伺候 外云 你與說。我在中門相待。榛松泡茶。

割肉水飯。相見科 外云 此眞乃王勃殿試也。一見尊顏三生有幸磕

下頭 淨慌科 小板櫈在那裡 外云 又亘古到今。難逢難遇。聞名不曾

見面。今日見面勝若聞名。再磕下頭去 那淨慌科 小板櫈在那裡

末躲過一邊去了。外云 聞公博學廣記。筆底龍蛇。眞才子也在

下。如渴思漿。如熱思涼。多拜兩拜 淨急了說道。你家爺好。你家

媽好。你家姐和妹子。一家兒都好 外云 都好 淨云 狗合娘的。你

既一家大小都好。也教我直直腰兒着正是

百寶粧腰帶　珎珠絡臂鞲
笑時能近眼　舞罷錦纏頭

筵前遞酒。席上衆官都笑了。薛内相大喜。叫上來賞了一兩銀子。磕頭謝了。須臾李銘吳惠。兩個小優兒上來彈唱了。一個撩箏。一個琵琶。周守備先舉手讓兩位内相說。老太監分付賞他二人。唱那套詞兒。劉太監道。列位請先。周守備道。老太監自然之理。不必計較。劉太監道。兩個子弟唱個嘆浮生有如一夢裡周守備道。老太監此是這歸隱嘆世之詞。今日西門大人喜事。又是華誕。唱不的。劉太監又道。你會唱。雖不是八位中紫綬臣。管領的六宫中金釵女。周守備道。此是陳琳抱粧盒雜記。今日

慶賀唱不的薛太監道你叫他二人上來等我分付他你記的
普天樂想人生最苦是離別夏提刑大笑道老太監此是離別
之詞越發使不的薛太監道俺每内官的營生只曉的答應萬
歲爺不曉的詞曲中滋味憑他每唱罷夏提刑倒還是金吾執
事人員倚仗他刑名官一樂工上來分付你唱套三十腔今日
是你西門老爹加官進祿又是好的日子又是弄璋之喜宜該
唱這套薛内相問這怎的弄璋之喜周守備道二位老太監此
日又是西門大人公子弥月之辰俺每同僚都有薄禮慶賀薛
内相道我等因向劉太監道劉家咱每明日都補禮來慶賀西
門慶謝道學生生一豚犬不足為賀到不必老太監費心說畢
喚玳安裡邊交出吳銀兒李桂姐席前遞酒兩個唱的打扮出

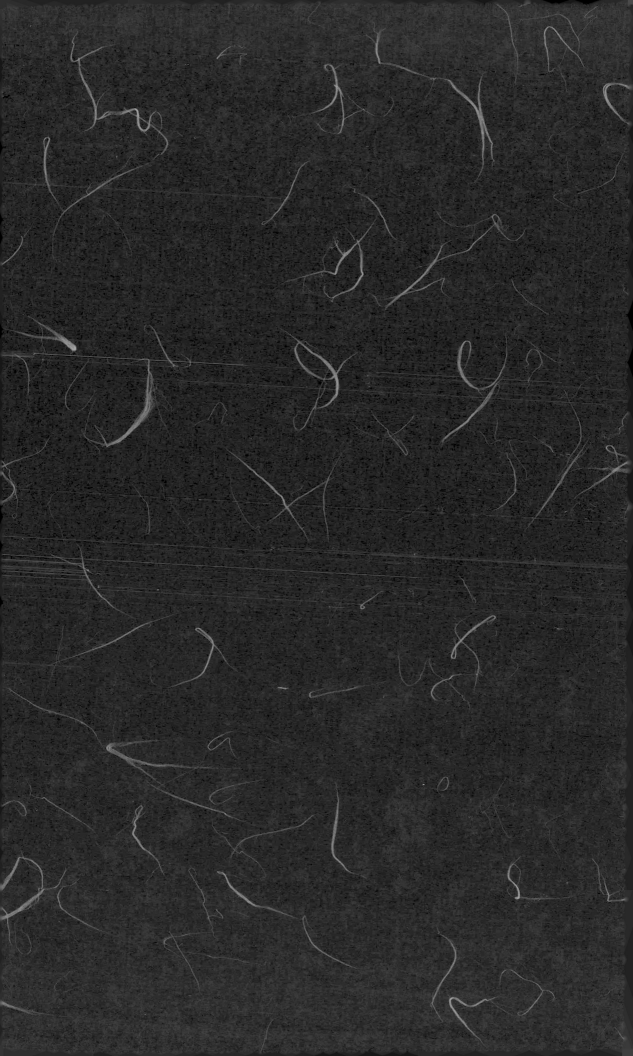